Goosebumps®

Goosebumps®

Goosebumps®

雞皮疙瘩 31

冷湖魔咒

The Curse of Camp Cold Lake

R.L. 史坦恩（R.L.STINE）◎著

陳言襄◎譯

致台灣讀者

讀者們，請小心……

我是R・L・史坦恩，歡迎到「雞皮疙瘩」的可怕世界裡來。

你是否曾在深夜裡聽到過奇怪的嚎叫？你是否曾在黑暗中聽到腳步聲——卻根本看不到人？你是否見過神祕可怖的陰影，幽幽暗處有眼睛在窺視著你，或者身後有聲音叫你的名字？

如果是這樣，你應該了解那種奇特的發麻的感覺——那種給你一身雞皮疙瘩、被嚇呆的感覺。

在這些書裡，幽靈在閣樓上竊竊低語；膽顫心驚的孩子忽而隱形；稻草人活了，在田野裡走來走去；木偶和布娃娃也有生命，到處嚇人。

當然，這些都是磨礪心志的好玩的嚇人事。我希望你們感到害怕，同時也希望你們大笑。這都是想像出來的故事。當然，最可怕的地方在你們自己心裡。

過個害怕的一天吧！

出版緣起

人生從奇幻冒險開始

何飛鵬
城邦媒體集團首席執行長

我的八到十二歲是在《三劍客》、《基度山恩仇記》、《乞丐王子》中度過的。可是現在的小孩有更新奇的玩具、電玩、漫畫，以及迪士尼樂園等。

八到十二歲，正是孩子從字數極少、以圖畫爲主的繪本閱讀，跨越到漸漸以文字閱讀爲主的時期。也正是訓練孩子從圖像式思考，轉變成文字思考的重要階段。在這個階段，養成長期的文字閱讀習慣，能培養孩子敘事、分析、推理的邏輯思辨能力，奠定良好的寫作實力與數理學力基礎。

然而，現在的父母擔心，大環境造成了習於圖像、不擅思考、討厭文字的一代。什麼力量能讓孩子重回閱讀的懷抱呢？

全球銷售三億五千萬冊的「雞皮疙瘩」，正是爲了滿足此一年齡層的孩子的需求而誕生的！

無論是校園怪奇傳說、墓地探險、鬼屋驚魂，或是與木乃伊、外星人、幽靈、吸血鬼、殭屍、怪物、精靈、傀儡相遇過招，這些孩子們的腦袋裡經常出現的角色或想像，經由作者的生花妙筆，營造出一個個讓孩子們縱橫馳騁的魔幻時空、光怪陸離的神奇異界，經歷各種危急險難，最終卻又能安全地化險為夷。這樣的冒險犯難，無論男孩女孩，無不拍案稱奇、心怡神醉！

本系列作品被譯為三十二種語言版本，並在全球數十個國家出版，創下了出版史上多項的輝煌紀錄，廣受世界各地孩子的喜愛。作者史坦恩表示，這套作品之所以成功，是因為多年的兒童雜誌編輯工作，讓他對兒童心理和兒童閱讀需求有了深刻理解——他知道什麼能逗兒童發笑，什麼能使他們戰慄。

我們誠摯地希望臺灣的孩子也能和世界上其他的孩子一樣，有更豐富多元的閱讀選擇。更希望藉由這套融合驚險恐怖與滑稽幽默於一爐，情節緊湊又緊張的「雞皮疙瘩系列叢書」，重拾八到十二歲孩子的閱讀興趣，從而建立他們的閱讀習慣，擁有一個快樂學習的童年。

現在，我們一起繫好安全帶，放膽體驗前所未有的驚異奇航吧！

Goosebumps 雞皮疙瘩

專文推薦

戰慄娛人的鬼故事

廖卓成
國立臺北教育大學語文與創作系兒童文學教授

這套書很適合愛看鬼故事的讀者。

文學的趣味不止一端，莞爾會心是趣味，熱鬧誇張是趣味，刺激驚悚也是趣味。有人擔心鬼故事助長迷信，其實古典小說中，也有志怪小說一類，《聊齋誌異》就有不少鬼故事。何況，這套書的作者開宗明義的說：「這都是想像出來的故事」，不必當眞。

既然恐怖電影可以看，看鬼故事似乎也無妨；考試的書讀久了，偶爾調劑一下，對頭腦卻是有益。當然，如果看鬼片會連續失眠，妨害日常生活，那就不宜勉強了。

雋永的文學作品，應該有深刻的內涵；但不少兒童文學作品說教有餘，趣味不足。只要有趣味，而且不是害人為樂的惡趣，就是好的作品。鮑姆（Baum）在《綠野仙蹤》的序言裡，挑明了他寫書就是為了娛樂讀者。

倒是內行的讀者，不妨考校一下自己的功力，留意這套書的敘事技巧，由主角「我」來講故事，有甚麼效果？書中衝突的設計與化解，是否意想不到又合情合理？能不能有不同的設計？會不會更好？這是另一種引人入勝之處。

導讀

結局只是另一場驚嚇的開始

耿一偉
臺北藝術節藝術總監
臺北藝術大學戲劇系兼任助理教授

不知道大家還記不記得，小時候玩遊戲，比如捉迷藏等，都會有一個人要當鬼。鬼在這個遊戲中很重要，沒有鬼來捉人，遊戲就不好玩。這些遊戲的關鍵特色，不是人要去消滅鬼，而是要去享受人被鬼追的刺激樂趣。所以當鬼捉到人後，不是遊戲就結束，而是下一個人要去當鬼。於是，當鬼反而是件苦差事，因爲捉人沒有樂趣，恨不得趕快找人來替代。所以遊戲不能沒有鬼，不然這個遊戲就不好玩了。

在史坦恩的「雞皮疙瘩系列」中，這些鬼所扮演的角色也是類似遊戲中的鬼，給我帶來閱讀與想像的刺激。各位讀者如果留意一下，會發現在他的小說中，都有一個類似的現象，就是結局往往不是一個對抗式的終局，一種善惡誓不兩立，以消滅魔鬼爲最終目標的故事——這比較是屬於成人恐怖片的模式，不是你死，就是人類全部變殭屍。但「雞皮疙瘩系列」中，你的雞皮疙瘩起來了，可是結尾的時候，鬼並不是死了，而是類似遊戲一樣，這些鬼換了另一種角色，而且有下一場遊戲又要繼續開始的感覺。

礙於閱讀的樂趣，我無法在此對故事結局說太多，但各位看完小說時，可以再回想我在這裡說的，就知道，「雞皮疙瘩系列」跟遊戲之間，的確有類似性。換另一個角度來看，這些主角大多為青少年，他們在生活中碰到的問題，如搬家面對新環境、男生女生的尷尬期、霸凌、友誼等，都在故事過程一一碰觸。

「雞皮疙瘩系列」令人愛不釋手的原因，也在於表面上好像主角是鬼，但讀到一半，你會感覺到，故事的重點不知不覺地從這些鬼怪轉移到那些被追的青少年身上，鬼可不可怕不是重點，重點是被追的過程中，一些青少年生活中的苦悶，也被突顯放大，甚至在故事中被解決了。所以你會在某種程度感受到，這本書的內容是在講你，在講你的生活，在講你的世界，鬼的出現，只是把這些青春期的事件給激化了。

另一個有趣的現象，是從日常生活轉入魔幻世界的關鍵點，往往發生在父母不在身邊，然後主角闖入不熟識空間的時候——比如《魔血》是主角暫住到姑婆家、《吸血鬼的鬼氣》是闖入地下室的祕道、《我的新家是鬼屋》是新家的詭異房間……等等。

因爲誤闖這些空間，奇怪的靈異事件開始打斷平凡無趣的日常軌道，一段冒險展開了，一場你追我跑的遊戲開始進行，而父母們往往對此毫無所悉，不知道自己的兒女在故事結束時，已經有所變化，變得更負責任，更勇敢。

「雞皮疙瘩系列」的意義，也在這個地方。在平凡無奇充滿壓力的青春期校園生活中，有那麼多不快樂、有那麼多鬼怪現象在生活中困擾著我們，但這無法跟家長說，因爲他們不能理解，他們看不到我們看到的。但透過閱讀，透過想像力所引發的鬼捉人遊戲，這些不滿被發洩，這些被學校所壓抑的精力被釋放了。

幸好有這些鬼怪的陪伴，日子不再那麼無聊，世界可以靠自己的力量改變。

終究，在青少年的世界裡，鬼怪並不是那麼可怕，在史坦恩的小說中，也往往會有主角最後拯救了這些鬼怪的情形，彷彿他們不是惡鬼，而比較像誤闖人類世界的外星人……這也是青少年的焦慮，他們正準備降臨成人世界，這件事讓他們起了雞皮疙瘩！！

這句英文怎麼說

我在冷湖營可說是出師不利。
I got off to a bad start at Camp Cold Lake.

1.

我在冷湖營可說是出師不利。

剛到時我緊張得要命，我猜自己大概做了一堆蠢事。

這麼說好了，我壓根兒不想參加水上運動營。我不喜歡戶外運動，不喜歡青草刮過腳踝的感覺，不喜歡摸樹，更討厭把身體打濕。

沒錯，我是喜歡偶爾游游泳，但可不是每天都泡在水裡面啊！那到底有什麼用呢？

我喜歡在乾淨的、舒服的游泳池裡游泳。看了這座湖一眼，我不禁一陣反胃，這湖裡頭一定有一堆恐怖的怪物正游來游去吧。

湖面下潛伏著無數醜怪的東西，它們一定在想：「莎拉・瑪斯，我們正等著

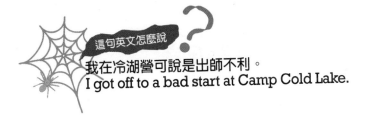

妳呢。莎拉，只要妳一下水，我們就會伸出又黏又滑的軀體纏住妳的雙腿，把妳的腳趾頭一根一根的啃光光。」

噁……爲什麼我非得在這麼噁心的湖水裡游泳呢？

當然啦，阿倫可是興奮得很，他根本就是樂翻天了。

我們一爬上營地巴士，他就跳上跳下，嚷嚷個不停，幾乎沒停下來歇口氣過。那亢奮的模樣，我還以爲他會扯破身上的衣服，直接衝進湖裡去！

我這個弟弟超愛露營的。他喜歡各式各樣的運動和戶外活動，這麼說好了，他喜歡所有的人和一切事物。大家也都喜歡他。他是那麼的熱情、那麼的有趣。

嗯，我也喜歡有趣的事啊。可是，沒有商場、沒有電影院、沒有可以買到披薩和滿滿一大袋薯條的餐廳，怎麼會有趣呢？

每天把脖子以下浸在凍死人的湖水裡，困在方圓幾哩內看不到一座小鎮的營地裡，四面八方都被濃密的森林包圍著，怎麼會有趣呢？

「耶！棒呆了！」阿倫高聲嚷著，一面拖著帆布袋，興沖沖的找他的小木屋去了。

這句英文怎麼說

熾熱的陽光已經把我曬出一身汗來。
The bright sun was already making me sweat.

「是喔，棒呆了。」我悶悶不樂的喃喃說著。熾熱的陽光已經把我曬出一身汗來。

你問我喜不喜歡流汗？答案當然是「不」。

那爲什麼我還要來冷湖營？答案只有五個字：爸媽要我來。

他們說參加水上運動營能培養我的自信心，而且跟一群喜歡戶外運動的人一起玩是件很愉快的事。

他們還說參加營隊能讓我交到一些新朋友。

好吧，我承認。我不擅於結交朋友，我不像阿倫那樣，能夠立刻接近別人，很快的打成一片、談天說笑。

我有點害羞，也許是因爲我的個子比其他小孩高很多吧。阿倫十一歲，而我才比他大一歲，卻整整高了他一個頭。

我很高，又瘦得跟竹竿似的。有時候爸爸還叫我「蚱蜢」。

不用想也知道我有多……「愛」這個綽號了。

那大概就跟我有多……「愛」和冷湖裡那群隱形怪物一起游泳差不多吧。

「好好鍛練鍛練吧，莎拉。」媽媽說。

我翻翻白眼。

「這可是個好機會，」爸爸加了一句，「妳一定會很驚奇，也會玩得很愉快的。」

我又翻了翻白眼。

「說不定等妳從營隊回來，還會要我們帶妳去露營喔！」爸爸打趣的說。

我還想再翻翻白眼的，可是他們已經對我的反應感到不耐煩了。

我苦著一張臉，對著爸媽嘆了口氣。我抱了他們一下，就跟著阿倫登上了營地巴士。

阿倫一路掛著燦爛的笑容來到營區，他想到要學滑水就情緒高亢，不停的問大家湖面上有沒有架設很高的跳板。

在前往營區的巴士上，他就交到三、四個好朋友了。

我望向窗外，遠眺著那一片一望無際的樹林和農場，想著此刻正待在家裡或正在商場裡閒晃的同學，不禁羨慕起來。

這句英文怎麼說

他一路掛著燦爛的笑容來到營區。
He grinned the whole way to camp.

不久，我們抵達營區。大夥兒一邊笑鬧著，一邊把行李袋從車上拉下來。穿著深綠色上衣的營隊指導員向每個人打招呼，把分配好的木屋位置告訴大家。

我覺得開心一點了。

我心想，也許我會交到幾個新朋友吧，或許也會遇到一些個性相近的朋友……我們將度過一個美好的夏天。

可是當我踏進木屋，環視另外三個室友，不禁低呼——

「不，不行！」

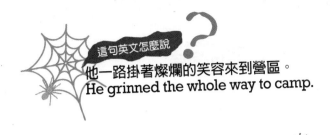

2.

我想我不應該表現出大驚小怪的樣子。

這使得我給了她們不好的第一印象。

可是我還能有什麼別的反應呢？

木屋裡有上下鋪床位各兩床。那三個女孩已經選好她們各自的床位，只剩下一張床——就在窗子前。

而那扇窗子沒有紗窗。

那意味著床上會爬滿各種小昆蟲。我瞥了一眼……很清楚這整個夏天，我每個晚上都會在打蚊子，不得安寧。

而且，在上鋪我睡不著。夜裡我總是翻來覆去的，如果睡上鋪的話，一定會

這句英文怎麼說

夜裡我總是翻來覆去的。

I toss and turn a lot at night.

倒栽蔥掉下來的。

我得睡下鋪，而且要靠牆壁，和那扇敞開的窗子離得遠遠的才行。

「我……這樣我沒辦法睡！」我衝口而出。

那三個室友回過頭來注視著我。一個是金髮，紮著馬尾；離她較近的是個矮矮胖胖的女孩，有一頭棕色長髮。靠牆的下鋪則是一名梳著辮子頭的非裔女孩，她從遠遠的那頭瞪著我。

我猜她們想跟我打招呼並自我介紹，可是我沒有給她們這麼做的機會。

「妳們哪個人一定得跟我換床位才行！」我高聲叫道。我無意這樣尖聲大叫，可是我實在太著急了。

她們還來不及回答，木屋的門被推開了。一個身穿深綠色上衣、一頭赤黃色頭髮的營區指導員探頭進來。

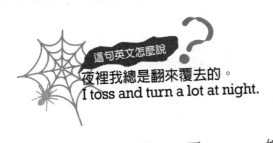

「我叫理查，」他說，「我是領隊，這裡的頭兒，妳們這兒還好吧？」

「不好！」我大叫。

我太緊張、太難過了，控制不了自己。「我不能睡這個位子！」我衝著他說，

「我不要靠窗，而且我要睡下鋪。」

其他三個女生都被我的吼聲嚇得目瞪口呆。

理查轉過身去對著那個靠牆下鋪的女孩說：「布蘭娜，妳可以把床位讓給……」

「莎拉。」我說。

「妳可以把床讓給莎拉嗎？」理查問布蘭娜。

她用力的搖頭，辮子上的珠串互相碰撞著。

「我不要。」她輕輕的說。

她指了指坐在行李箱上那個棕髮的矮胖女孩。「我和梅格去年就是室友了，」她對理查說，「我們想要一起。」

梅格點點頭。她有一張圓圓的娃娃臉，兩頰鼓鼓的，牙齒上帶著紅藍相間的牙套。

「我不能睡靠窗的位子，」我堅持，「真的，我討厭蟲子。」

理查惡狠狠的盯著布蘭娜，「到底怎樣？」

這句英文怎麼說

她的語氣不怎麼友善。
She didn't say it in a friendly way.

布蘭娜咕噥著：「呃……好吧。」她怒視著我。

「謝了。」理查說。

我看得出來他一直在打量我。我想，他大概認定我是個愛找碴的傢伙吧。

布蘭娜爬下下鋪，把她的行李袋拖到了靠窗的床邊。

「這下子妳滿意了吧。」她低聲嘟囔著。

她的語氣不怎麼友善。

我覺得很難過。我想，我的室友已經開始討厭我了。

爲什麼我老是這樣？爲什麼我老是太緊張，而且一開始就把關係搞砸呢？

我下定決心，得更費心去和她們建立起友誼。

可是才不到一分鐘，我又做錯了一件事。

3.

「嘿，布蘭娜，謝謝妳跟我換床位，」我說，「妳實在太好了。」

她點了點頭，可是不發一語。梅格把行李拉過來打開，把幾件短褲和T恤放進抽屜裡。

第三個女孩對我微笑。「嗨，我是珍妮絲，」她自我介紹，聲音低沉沙啞。「大家都叫我珍。」

珍笑起來很好看。她的一頭金髮紮成馬尾，深藍色的眼珠，兩頰紅通通的，總像一副害羞的樣子。

「妳去年夏天也來過這兒嗎？」我問。

她搖搖頭。「沒有，布蘭娜和梅格去年來過，我是第一次來。去年我去參加

這句英文怎麼說

去年我去參加網球營。
I went to tennis camp last year.

網球營了。」

「我從來沒有參加過任何的營隊活動，」我說，「我……我想我有點緊張。」

「妳很會游泳嗎？」布蘭娜問。

我聳聳肩。「我想應該還不錯吧。我不常游泳，說真的，我不怎麼喜歡游泳。」

梅格轉過頭來。「妳不喜歡游泳，卻來參加水上運動營？」

布蘭娜和珍笑了起來。

我感覺到自己整個臉都脹紅了。我不想告訴她們是爸媽「逼」我來參加這個活動的，那聽起來太老土、太沒面子了！我可不想招認。

「呃……嗯……我喜歡別的。」我結結巴巴的說。

「噢……我愛死那件泳衣了！」布蘭娜大聲的說，她從梅格的行李箱裡拉出一件鮮黃色的泳衣，拿在自己的身上比劃。「這一件好棒喔！」

梅格把泳衣搶了回去。「說得好像很適合妳似的！」她翻翻白眼，低聲抱怨著。她說話的時候，牙套嘎嘎作響。

梅格站在高挑優雅的布蘭娜身邊，看起來像顆保齡球。

「今年冬天妳是不是瘦了？」布蘭娜問她，「妳看起來很不錯，眞的，梅格。」

「我是瘦了一些，」梅格回答，然後嘆了口氣，「可是我一點也沒長高。」

「我今年大概長高了三十公分，」我插了一句，「我是學校裡最高的女生，當我走進穿堂時每個人都盯著我看。」

「呃……呵……」梅格話中帶刺的說，「妳眞的很難伺候耶，難道妳喜歡跟我一樣像隻蝦子？」

「喔……我才不要呢！」我回答。

這下可糟了，我曉得我又搞砸了。

我看見梅格的眼神一暗，顯然被刺傷了。

我爲什麼那麼說？我問自己。

爲什麼我老是說話不經大腦、一根腸子通到底？

我把原先丟在地上的背包撿起來，拿到床上開始整理行李。

「嘿……那是我的！放下來！」珍朝我衝過來。

這句英文怎麼說

可是我一點也沒長高。
But I didn't get any taller.

我垂下眼看了一下背包。「不，這是我的。」我堅持。

我把拉鍊拉開……然後——背包從床上掉了下去。

背包裡掉出了一堆東西，撒得滿地都是。

「噢！」我驚訝得大叫了一聲。那些並不是我的東西。

我看到了幾個藥盒、藥罐和幾瓶塑膠的吸入器。

「氣喘藥？」我叫道。

珍蹲下身，動手收拾地上的東西。她生氣的抬眼瞪著我。「謝謝妳讓全世界的人都知道我有氣喘，妳何不今晚就站在營火旁邊向整個營隊的人宣布呢？」

「對不起。」我只能輕聲的囁嚅著。

「我已經告訴過妳，那是我的背包。」珍怒聲道。

梅格彎下身來撿起一個吸入器遞給珍。「有氣喘沒什麼好丟臉的。」她對珍說道。

「我總可以保有點隱私吧！」她厲聲說，然後把所有的藥塞進口袋裡，猛力的把背包一把抓了過去。

「對不起，」我又說，「眞的很抱歉！」

她們三個全都怒視著我，布蘭娜搖了搖頭，梅格則是發出頗不以爲然的嘖嘖聲。

我想，她們已經討厭死我了。

我覺得很不舒服，很難受。

她們討厭我，而且這才不過是第一天的頭一個鐘頭呢。

我嘆了口氣，碰一聲的坐在床鋪上。

我不禁想著：接下來還會更糟嗎？

你猜呢？

這句英文怎麼說

不一會兒火苗就竄得比他們的頭頂還高。
Soon the flames rose up over their heads.

4.

那天夜裡稍晚時，我們在林子裡一塊空曠的小平地上搭起了營火。周圍有一塊塊光滑的木頭圍成一個圈圈，用來當做椅子。

我在其中一塊沒人坐的木頭上坐下來，背對著樹林。只見灰暗的夜空下，熊熊的火焰不斷竄高、舞動著。

火堆劈啪作響，發出細碎的爆裂聲。木材燃燒的氣味好香，我深深的吸了一口氣。

營區指導員們不斷的把木柴扔進火堆裡，不一會兒火苗就竄得比他們的頭頂還高。

夜裡的空氣又熱又乾，我的兩頰也因爲火光映照而發燙。

我轉過頭，凝望著樹林，一陣微風輕輕吹過來，黝黑的樹木抖動著。在些微的亮光中，我瞧見一隻松鼠在兩根高大的枝幹間跳來跳去。

我不禁想，還有什麼其他動物潛伏在這片森林裡？我幻想裡頭還藏著一些比松鼠更大、更危險的動物呢。

一陣劇烈的火苗爆裂聲把我嚇了一跳。

晚上待在外頭眞是太恐怖了，我心想。爲什麼不把營火設在室內呢？就在火爐之類的地方生火，不是很好嗎？

我拍了一下脖子，趕走一隻蚊子。

等我轉過頭正對營火時，看見布蘭娜和梅格坐在另外一塊木頭上；她們正對著兩個我不認識的女孩說了些話，哈哈大笑著。

阿倫則坐在營火的另一頭，他正在和兩個男孩嬉鬧，一起扭打著，比賽誰先把對方從木頭上推下去。

我嘆了口氣。我想，阿倫已經交到一缸子的朋友了。

大家都交到朋友了——除了我以外。

這句英文怎麼說

我拍了一下脖子，趕走一隻蚊子。
I slapped a mosquito on my neck.

阿倫看見我正盯著他瞧，飛快的朝我揮了揮手，又繼續和他的朋友們打打鬧。

阿倫旁邊的木頭上坐著三個女孩，她們一起仰著頭，高聲的唱著營隊歌。我豎著耳朵傾聽，想記住歌詞，但是她們唱到一半突然發出一陣嗤嗤的笑聲，不再繼續唱了。

兩個稍長一些的女孩子在我這塊木頭的另一端坐了下來。她們看起來大約十五或十六歲吧，我轉過身去跟她們打招呼，但她們只顧著彼此交談，沒理會我。

其中一個女孩手裡拿了一包ＱＱ糖，她把長長的糖一條條的拉出來，滋滋滋的咬著，就像在吃一條條的義大利麵。

理查——營區指導員的頭頭，站到了火堆前面。他頭上反戴著一頂黑色棒球帽，身上那件寬鬆的上衣因爲生火而弄得又髒又破。

他將雙手高舉過頭，大聲問道：「大家都到齊了嗎？」

大家都還在高聲聊天、嬉鬧，我幾乎聽不見他的聲音。透過營火，只看到阿倫站了起來，全身不停的扭動，亂舞一氣。

他的朋友快笑翻了，其中一個還衝過去和阿倫擊掌。

「我們可以開始了嗎？」理查高喊，「營火歡迎晚會要開始了！」

火堆裡有塊木頭發出爆裂聲，紅色火光四處迸散。

冷不防的有隻手抓住了我的肩膀，「噢！」我不禁發出驚呼。

「誰……？」我猛然轉頭，呆住了，瞪著在上方的布蘭娜和梅格。

她們彎下身來對著我，在火光的映照下，只見她們臉上露出驚恐的表情。

「莎拉……快跑！」布蘭娜輕聲的說。

「起來……快！」梅格一把拽住我的膀子，「快跑！」

「爲什麼？發生什麼事了？」我焦急的問。

這句英文怎麼說

他的朋友快笑翻了。
His friends were laughing their heads off.

5.

我嚇得一躍而起。「怎麼回事？」

「那幾個男生，」梅格輕聲說道，「他們把爆裂物丟進營火裡！等一下會爆炸！」

「快跑！」她們兩個齊聲大喊。

梅格推了我一把催我趕快行動。

我絆了一下……然後踉踉蹌蹌的往前衝。我緊閉著雙眼狂奔，深怕隨時會傳來猛烈的爆炸聲。

我能不能及時逃走呢？梅格和布蘭娜也逃得掉嗎？

當我聽到一陣大笑聲時，猛然停下了腳步。

那是一陣幸災樂禍似的尖聲大笑。

「咦？」我費力的吞了吞口水，轉過身去。

只見半個營隊以上的隊員對我發出嘲弄的狂笑。

梅格和布蘭娜互相擊掌。

「不會吧，噢，不會……吧！」我喃喃的說。我怎麼會掉進這麼一個愚蠢到家的陷阱呢？

她們怎麼可以對我開這麼惡劣的玩笑？

她們一定事先叫大家等著看我出糗。

當我自己一個人站在空地邊緣時，我察覺到大家的目光都集中在我身上，也聽見了大夥兒的笑聲和嘲諷。

我看到珍大笑著，也看到理查和幾個指導員開心的咧嘴大笑，還一邊搖著頭。

我知道，我知道，我也應該自我解嘲的哈哈大笑，應該一笑置之。

我不應該爲這件事感到氣惱。

這句英文怎麼說

你知道我真正厭惡的是什麼嗎？
Do you know what I really hate?

可是今天一整天實在是糟透了，我太過緊張、太渴望別再有任何閃失了。

我感覺到自己的肩頭起伏著，淚水充滿了眼眶。

不行！我命令自己，「妳不能哭！妳不能在所有隊員面前哭。」

沒錯，莎拉，妳覺得自己簡直是個十足的蠢蛋，可是那又怎樣？那只是個玩笑，只是一個蠢到極點的玩笑。

我感覺有隻手搭在我手臂上，我飛快的把它甩開。

「莎拉……」阿倫站在我旁邊，在微亮的夜色中，只見他睜大了眼睛望著我。

「我沒事，」我厲聲說道，「走開。」

「妳實在很掃興耶，」他緩緩的說道，「為什麼妳就不能放開一點呢？只不過是個玩笑嘛，何必為一個玩笑動氣呢？」

你知道我眞正厭惡的是什麼嗎？

我眞正厭惡的就是，阿倫的話是正確的。

我的意思是，他是我弟弟，對吧？他又是瑪斯家最通情達理、最冷靜的傢伙，這是什麼道理？

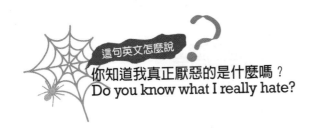

當阿倫表現出一副他是大哥哥的樣子時，更是讓我火冒三丈。

「我需要你的教訓嗎？」我咆哮著，「閃一邊去！」我推了他一把。

他聳聳肩，快步走回他的朋友那兒去。

我蹣跚的走回營火堆那邊，但是並沒有回到剛剛的位子，那裡太靠近營火……也離布蘭娜和梅格太近了。

我在靠近林子的一塊木頭邊邊坐了下來，離營火堆遠遠的。這一片黑暗使我冷靜下來，也使我慢慢恢復平靜。

理查說了一會兒的話，但我一個字也沒聽進去。

他站在劈啪作響的火堆前，聲音低沉、轟隆隆的，於是大家身體往前傾，好聽得更清楚一些。

我環視圍在營火堆旁的所有隊友，在明亮的火光照耀下，大家的臉上一片橘紅，眼眸閃閃發亮。

我不禁懷疑，這裡頭有誰會變成我的朋友？

我爲自己感到難過，但我不知道有哪個隊友會感同身受？

這句英文怎麼說

她知道自己長得很不賴。
She knew she looked really awesome.

理查的說話聲在我的思緒底層嗡嗡作響，他在說關於山莊、用餐時間，以及毛巾等等這類的事。

當他介紹水上運動指導員組長時，我終於集中精神注意聽了。她的名字叫麗茲。

她就坐在理查旁邊，當她站起來致意時，大家一起鼓掌。有個男生就像看到迷人的美女，吹起了口哨。

「她很正點喔！」另一個男生高吼。

大夥兒都笑了。

麗茲也笑了，她知道自己長得很不賴。

她穿著一件剪掉了膝蓋以下褲管的緊身牛仔褲，以及一件中空裝。她向大家揮揮手，示意大夥兒安靜下來。

「你們在這兒都很快樂嗎？」她高聲問道。

大家發出歡呼聲，熱烈的鼓掌。

幾個男生又吹起口哨來。

「很好，明天是你們到湖邊活動的第一天，」麗茲宣布，「在你們跳進湖裡之前，有一堆水上活動的規則要讓大家知道。」

「例如，別喝湖水！」理查插了一句，「除非你們真的很渴！」

幾個孩子哈哈大笑。

我笑不出來。只要想到要喝那麼噁心、恐怖的湖水，我就一陣噁心。

麗茲也沒有笑，她對著理查皺了皺眉頭。「這可是件很嚴肅的事。」她不高興的說。

「我很嚴肅啊！」理查開玩笑說道。

麗茲不理他，「你們回到木屋後，會在床鋪上看到一張水上活動規則的單子，」她一邊把一頭紅色卷髮往後撥，一邊繼續說，「單子上頭有二十條規則，你們得全部記熟。」

什麼？二十條規則？怎麼可能會有二十條規則？

要把二十條規則記起來，恐怕要花上一整個暑假吧。

麗茲拿出一張紙來。「我現在就把這張單子上的內容跟大家說明一遍，你們

這句英文怎麼說

我們現在可以去游泳嗎？
Can we go swimming now?

有任何問題，可以立刻提出來。」

「我們現在可以去游泳嗎？」有個男生高聲問道，想要搞笑一下。

一陣哄堂大笑。

但是麗茲臉上沒有一絲笑容。「你問的是規則八，」她回答，「晚上不准游泳，即使有指導員陪著你。」

「千萬不要跟指導員一起游泳！」理查打趣道，「他們身上有病菌！」

理查還挺有趣的，我想，他似乎還不錯。

麗茲就顯得太嚴肅了點。

她手上的紙在風中拍打著，她兩手緊抓著那張紙，火光反照在她的紅髮上。

「冷湖營裡最重要的規則就是『同伴系統』，」麗茲大聲宣達，「只要你待在湖裡，你的身邊務必要有一個同伴。」

她快速的掃視圍坐在她四周的營隊隊員，「就算你只是涉水到腳踝的高度，也必須要找一個同伴跟你在一起。」她說，「你可以每次下水都有不同的同伴，也可以一整個夏天只選一個同伴，不管怎樣，你就是得有一個同伴和你一起活

動。」

她做了個深呼吸。「有任何問題嗎？」

「你會當我的同伴嗎？」一個男生大聲問道。

大夥兒都笑了。我也笑了。

這個玩笑的時間點抓得太妙了。

同樣的，麗茲的臉上還是沒有一絲笑容。

「做爲一名水上活動指導員，我會是你們每個人的同伴。」她正色的回答。

「接著是規則二，」她繼續說道，「絕不游超過三個救生艇船身的距離。規則三，在水裡不可以高聲喊叫、不可以假裝出了狀況、不可以惡作劇、不可以打打鬧鬧。規則四……」

她不停的唸，終於把二十條規則全部讀完。

我不耐煩的咕噥著，她的告誡簡直就是把我們當成五歲小孩兒般看待。

而且還有那麼多條規矩。

「我再重複一遍，關於『同伴系統』……」麗茲還在提醒大家。

這句英文怎麼說

這個玩笑的時間點抓得太妙了。
The kid's timing was perfect.

我視線越過火堆，望著漆黑的冷湖。

只見湖面一片平穩、黑暗、沉靜。

湖面上有一些小小的波動，沒有激流，沒有險惡的浪濤。

那爲什麼要有那麼多的規矩呢？我不禁納悶。

他們在害怕什麼呢？

6.

麗茲說了至少半小時的話，理查逕自在旁邊打趣想逗她笑，可是她絲毫不爲所動。她針對每條規則做了更詳細的說明，並且要我們回木屋後，仔細把規則再讀一遍。

「祝各位這個暑假過得平安！」她高聲說道，「我們湖邊見！」

當麗茲從營火邊退開時，大夥兒再次發出鼓譟和口哨聲。我打了呵欠，大大的伸了個懶腰。我想，這眞是無聊透了。

我從來沒聽說過哪個地方像這裡這麼多規矩的。

我伸手拍走脖子上的另一隻蚊子，覺得渾身發癢。要我一直待在戶外就會有這樣的結果，我癢得快抓狂了。

這句英文怎麼說

我們湖邊見！
See you at the waterfront!

營火漸漸變弱，黑色地面上一片紫色的餘燼閃著微光。夜裡的空氣變得冷颼颼的。

理查要大家站起來唱營隊歌，結束今天的營火活動。

「新加入的隊友可能還記不得歌詞吧，」他說，「算你們走運！」

大家都笑了。於是理查帶頭唱了起來，大夥兒也跟著加入。

我想要跟著唱，可是我記不了所有歌詞，只勉強記住一些片段……

濕淋淋，雄赳赳……
趕上潮流來游泳，
秀出精神和體力……
不論男孩或女孩，
水上展威風，
一起來抵抗
冰冷的、冰冷的冷湖營。

眞遜！我完全同意理查的話，記不住歌詞算我們走運。

這歌實在是遜斃了！

越過火堆，我看見阿倫正扯開嗓門高聲唱著，看來他已經把整首歌的歌詞背起來了。

我一邊搔著發癢的雙腿，不解的想著，他是怎麼辦到的？他怎麼總是有辦法表現得這麼完美，怎麼能夠到哪兒都如魚得水？

唱完隊歌後，理查高舉雙手要大家安靜。

「最後我還有幾件事要宣布，」他高聲說道，「首先，絕對不許任何一個人哼歌！第二……」

我沒有繼續聽下去。我一回頭就發現布蘭娜和梅格站在我旁邊。

我後退一步。「妳們要做什麼？」我沒好氣的質問。

「我們想跟妳道歉。」布蘭娜說道。

梅格點點頭。「是啊，我們很抱歉跟妳開了那麼無聊的玩笑。」

理查的說話聲從我們背後不斷傳來。布蘭娜伸出一隻手搭在我的肩膀上。

這句英文怎麼說

我後退一步。
I took a step back.

「我們才見面就弄擰了，」她說，「讓我們從頭來過，好嗎？莎拉。」

「是啊，讓我們重新開始。」梅格也附和道。

我的臉上綻開燦爛的笑容。「太好了。」我說，「太棒了！」

「太棒了！」布蘭娜也笑咪咪的說著。

她拍了一下我的背。「讓我們重新開始！」

理查還在宣布事情。「明天清晨四點半，對風浪板感興趣的人……」

我猜，阿倫大概會去試一試吧。我看著布蘭娜和梅格離開。

一個全新的開始。我覺得快樂一點了。

但是這快樂的感覺只維持了兩秒鐘。

我的背忽然癢了起來。我轉過去望向火堆那頭，只見布蘭娜和梅格回頭瞪著我，嗤嗤的笑著。

其他的孩子都背對著理查注視著我。

「噢……」當我感覺到有一個暖暖的東西在我後背蠕動時，不禁發出低聲的哀號。

一個又暖又乾的東西，正在我的T恤底下扭動。

「噢……」那個東西又動了。

我把一隻手伸到背後，從上衣底下戳著那個東西。

到底是什麼？

布蘭娜和梅格在我背上放了什麼東西？

我抓住那個東西，把它拉出來看。

我放聲尖叫。

這句英文怎麼說

牠看起來像一條長長的黑鞋帶。
It looked like a long black shoelace.

7.

我手上抓著的是一條不停扭動的蛇。

牠看起來像一條長長的黑色鞋帶，長眼睛的鞋帶！而且嘴巴還不停的一張一闔。

「不……」我再也控制不住了。

我發出淒厲的尖叫，沒命似的把那條蛇甩了出去。

牠掉進了樹林裡。

我的背仍然癢得很，彷彿那條蛇還在我的皮膚上蠕動著。

我把雙手伸到背後胡亂的搔著，恨不得能兩手並用。

大夥兒都爆出狂笑，談論著布蘭娜對我幹的好事。

我才不在乎，只想趕快忘掉我的背曾被那條蛇爬過的感覺。

我渾身刺痛、不舒服，不禁發出一聲怒吼。

「妳們怎麼可以這樣？」我對著布蘭娜和梅格尖聲罵道，「妳們是怎麼搞的？」

阿倫再一次快步走過來，扮演長輩的角色。來得正是時候，成熟的老弟先生。

「莎拉，妳被咬了嗎？」他輕聲問道。

我搖搖頭。「我感覺牠還在我背上！」我快要哭出來了，「你看到那條蛇了嗎？大概有一公尺長耶！」

「妳冷靜一點，」阿倫輕聲說道，「大家都在看妳。」

「你以為我不知道嗎？」我怒斥道。

「沒事了，那不過是一條小蛇，」阿倫說，「不會傷人的，妳冷靜點，別失控了。」

「我……我……我……」我激動的想爭辯，但是我實在是太難堪、太憤怒了，以致於說不出話來。

這句英文怎麼說

你整個人都在發抖。
You're shaking all over.

阿倫抬眼看了布蘭娜和梅格一下。「爲什麼她們倆要衝著妳來？」他問。

「我不知道！」我哀怨的說道，「因爲……因爲她們是怪胎！就是這樣！」

「好吧，冷靜點，」阿倫又說，「看看妳，莎拉，妳整個人都在發抖。」

「要是有條噁心的蛇在你身上爬來爬去，你也會全身發抖！」我回答，「而且我根本不需要你來安撫我，不需要……」

「那就好。」他答道，接著轉身快步回到他的狐群狗黨那兒去。

「我才不信他那一套。」我喃喃的說。

我們的爸爸是醫生，而阿倫就跟老爸一樣，總以爲自己有責任照顧世界上的每個人。

哼，我可以自己照顧自己，也不需要每分每秒有個老弟來提醒我「要冷靜下來」。

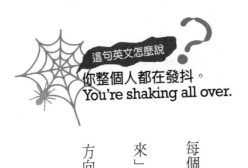

理查還在宣布一些事情，但是我一點都不想聽了。我離開營火堆，往木屋的方向走去。

從林間一條彎曲的小路沿著斜坡往上走，就是小木屋區。營火越來越遠，我置身在一片黑暗中。

我打開手電筒，循著腳邊那一圈小小的光暈往前走，腳踩著乾燥的落葉和小樹枝，發出了碎裂聲，被風吹著的樹梢在我頭上沙沙作響。

我不禁自問，爲什麼一開始我就把事情搞得這麼糟？

爲什麼布蘭娜和梅格這麼討厭我？

我忿忿的認爲，說不定她們本來就這麼惡劣，說不定她們原本就那麼怪，說不定她們對每個人都是這樣壞。

她們以爲她們去年來過就可以這麼囂張。

不知不覺中，我偏離了小路。

「咦？」我舉起手電筒在四周來回照著，尋找回頭的路。

燈光照著傾斜的樹、一叢叢的雜草和掉落的木塊。

我的喉頭一緊，全身緊繃。

小路在哪裡？

到底在哪裡？

這句英文怎麼說

為什麼一開始我就把事情搞得這麼糟？
How did I get off to such a bad start?

我走了幾步，腳下傳來樹葉的刮削聲。
然後我一腳踩進了一團軟軟的東西裡。
是流沙！

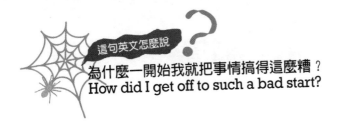

8.

不，不是流沙。

根本就沒有流沙這種玩意兒。我記得我在五年級的自然課本上讀過。

我把手電筒往下一照。

「噢噢！」我踩在一堆爛泥巴上了。

我整隻運動鞋都陷了進去。

我咕噥一聲用力抽出腳來……整個人差點往後栽。

我自言自語著，只不過是爛泥巴罷了；雖然很噁心，不過沒什麼大不了的。

才這樣想而已，就看見了一堆蜘蛛。

一堆，而且是我這輩子看過最大的蜘蛛。

這句英文怎麼說

我整隻運動鞋都陷了進去。
My sneaker sank deep into the ooze.

一定是爛泥巴下頭有牠們的巢吧。

那些蜘蛛爬到我的鞋子上，然後爬上了我的牛仔褲。

「噢……噁心死了！」

數不清的蜘蛛黏在我腿上，我死命的甩著運動鞋，沒命的揮舞著手，把牠們從身上拍掉。

「我恨透了這可惡的營隊！」我大叫。

我揮著手電筒打掉了好幾隻蜘蛛。接下來我腦子裡掠過一個想法——我何不也給布蘭娜和梅格一點顏色瞧瞧呢？

她們讓我在營隊所有人面前顏面盡失，我卻連一絲絲反擊的動作也沒有。

我把手電筒裡的電池都倒出來，深深的吸了一口氣，然後彎下腰來——讓一堆蜘蛛爬進手電筒裡。

眞噁心。

我覺得想吐，一陣作噁。

你能想像嗎？我把蜘蛛裝進手電筒裡！

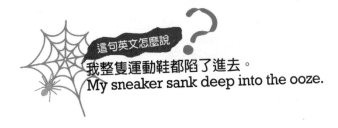

不過我知道這一切是值得的，很快就會有回報的。

我踏上一截倒落的樹幹，找到了那條小路，然後小心翼翼的拿著手電筒，迫不及待的快步走向小木屋。

我在門外停下來，木屋裡燈火通明。

我從敞開的窗戶往裡頭看，沒看見半個人影。

我躡手躡腳的走進屋裡。

我拉起布蘭娜床鋪上的毯子，把手電筒裡將近一半的蜘蛛倒在床單上，再輕輕的把毯子蓋起來，然後鋪平。

就在我把剩下的蜘蛛倒在梅格的床上時，突然聽見背後傳來一陣腳步聲。我飛快的把梅格的毯子蓋起來，轉過身去。

只見珍走進木屋。

「怎麼了？」她問，聲音還是那麼沙啞。

「沒事。」我回答，並快速的把手電筒藏在背後。

珍打了個呵欠，說：「再過十分鐘就要熄燈了。」

這句英文怎麼說

木屋裡燈火通明。
The lights were on inside the cabin.

我瞥了一眼布蘭娜的床，她的毯子有一個角沒紮好。我想，她應該不會留意到的。

我知道自己露出了微笑，趕緊正了正表情，省得珍追問我一堆問題。

她轉過身，從抽屜裡拿出一件白色長睡衣。

「妳登記明天要做什麼？」她問，「游泳自由活動？」

「不是，我要去划獨木舟。」我回答。

我想要來一趟乾乾淨淨、舒舒服服的獨木舟之旅，可不要在骯髒的湖水裡跟魚兒和一些滑溜溜的怪物攪和。

「是嗎？我也是。」珍說。

我想問她我們是不是會在同一組，但是布蘭娜和梅格開門走了進來。

她們看著我——然後爆出一陣大笑。

「妳在營火晚會上跳的那是什麼怪舞啊？」布蘭娜取笑著。

「妳那樣子就像背上有一條蛇似的。」梅格大聲的說。

說完，她們又笑了一陣子。

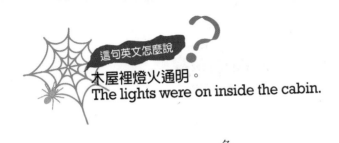

沒關係，我心想，妳們盡量笑個夠吧。

再過幾分鐘，等妳們爬上床，到時候就換我大笑了。

我等不及要看那一幕了。

這句英文怎麼說

你們盡量笑個夠吧。
Go ahead and laugh.

9.

幾分鐘後，珍把燈全關掉。我躺在硬梆梆的床墊上，瞪著上鋪梅格的床鋪，微笑著，等待著……

我等待著……

我聽見梅格身體躺到床上。

接下來，她爆出一聲驚呼。

然後是布蘭娜和梅格齊聲尖叫。

我再也忍不住大笑出聲。

「牠咬我！牠咬我！」布蘭娜驚吼。

她和梅格都跳下了床，站在地板上揮舞著雙手，全身扭動，不停的拍打著兩

臂、雙腿和背後。

我緊咬著雙唇，逼自己止住笑聲。

「蜘蛛！到處都是蜘蛛！」梅格驚恐的喊著，「噢！牠也咬了我！」她拉起睡衣的袖子，「好痛！」

珍站到了電燈開關前，而我還是沒離開床鋪半步，看著那兩個人慌亂的甩動身軀，實在是太過癮了。

可是珍的話把我臉上的笑容抹消殆盡。

「是莎拉把蜘蛛放在妳們床上的。」她告訴布蘭娜和梅格，「我進來時正好看到她在妳們床邊，不知道在做些什麼。」

報馬仔！我想她一定還在爲我弄翻她氣喘藥的事生氣吧。

好吧，這麼快樂的事只好就此打住囉。我想布蘭娜和梅格一定很想掐扁我，因爲她們必須上保健室去把護士叫起來，好弄清楚那些蜘蛛到底有沒有毒。

我哪知道那些蜘蛛會咬人啊？

畢竟，我不過是想惡作劇一下罷了。

這句英文怎麼說

我緊咬著雙唇，逼自己止住笑聲。
I bit my lip to make myself stop laughing.

當她們拖著沉重的步伐從保健室回來時，我試著跟她們道歉。但是她們不理會我，連珍也不發一語。

嗯，那就算了，我嘆了一口氣。既然她們不會變成我的朋友，那麼我就去交別的朋友吧……

第二天早上，我在山莊的餐廳獨自吃早餐。餐廳裡有兩張長餐桌，從牆的這頭延伸到牆的那頭，一張給男生用，一張給女生用。

我坐在女生餐桌最角落的一頭，默默的舀著玉米片。其他所有的女生都在嘰哩呱啦的聊著天，而餐桌另一頭的布蘭娜和梅格則不時轉過頭來怒視著我。

我看見阿倫坐在男生餐桌那頭，和他的朋友們又笑又鬧的。他頭上頂著一片煎餅，另一個男生伸手把那塊煎餅打下來。

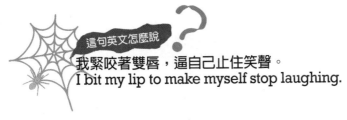

至少他挺樂的，我心裡不禁苦悶的想著。

我忽然有股衝動，想走過去告訴阿倫我有多麼不快樂，可是我知道得到的答案一定是要我「開心點」。

因此，我只好繼續坐在餐桌的一頭，一口口的吞著玉米片。

等我參加完獨木舟活動之後，情況會好轉嗎？

你猜呢？

當我到達岸邊，所有的孩子都已經分好組，推著獨木舟下水了。

麗茲朝我走過來，她身上那件一件式的白色泳衣在晨光中異常亮眼。她把一頭紅色的卷髮紮在腦後。

她讓啣在嘴上的哨子掉下來，「妳叫什麼名字？」她眼睛盯著湖面問道。

「莎拉，」我說，「我登記要划獨木舟，可是……」

「妳需要一個同伴，」她說，「去找一個隊友來。獨木舟在那兒。」她指著不遠處，然後緩步走開。

幾艘獨木舟靠在湖面上拍打著湖水，木槳互相撞擊的聲音在岸邊迴響。

我往那兒跑去，尋找隊友，但是大家都有同伴了。

就在我打算放棄的時候，我看到珍正推著一艘獨木舟下水。「妳有同伴嗎？」

這句英文怎麼說

我登記要划獨木舟。
I signed up for canoeing.

我高聲問。

她搖搖頭。

「那，我可以跟妳一組嗎？」我問。

「我可不想，」她一臉嫌惡的說，「妳還有多的蜘蛛準備放出來咬人嗎？」

「珍，拜託妳……」我說。

「妳們兩個一組嗎？」麗茲忽然出現在我們身後，嚇了我們一跳。

「不，我……」珍說著。

「我想要跟她一組，可是她不要。」我說。

我並不想露出一副快哭出來的樣子，可是我的聲音哽咽了。

珍露出厭惡的表情。

「把妳們的獨木舟推下水。」麗茲命令道，「妳們兩個是最後一組。」

珍想要抗議，但是她聳了聳肩，嘆了口氣。「好吧，莎拉，我們下水吧。」

我們穿上救生衣，我抓住一根木槳和獨木舟的尾端，兩人協力把獨木舟推下水去。

那艘小舟在岸邊輕輕晃動，湖水的流速比我想像的強許多。低低的波浪不停的來回拍擊著布滿青草的湖岸。

「我不是有意要……」我開口說。

「算了，用力推。」她指揮道。

我把木槳扔進獨木舟裡，身體往前傾，雙手猛力一推。

獨木舟平穩的滑進了水裡，接下來我必須涉水靠近小舟，爬進裡頭。

「哇！」就在我奮力把自己撐起來時，整艘獨木舟差點翻覆過去。

「小心！」珍斥責道，「妳實在是笨手笨腳耶，莎拉！」

「對不起。」我喃喃的道歉。

我太高興有一個同伴了，可不想橫生枝節，造成彼此的摩擦。

我爬進獨木舟裡，蹲在珍的後頭。

當我們開始划槳，獨木舟隨即上上下下的晃動。在燦爛的陽光照射下，晃動的水面閃爍著一片銀光。

我們花了好一會兒工夫才掌握到正確的節奏。

這句英文怎麼說

小舟搖得更加厲害了。
The little boat rocked harder.

我和珍沒有交談。

四周只有木槳拍打水面以及水流沖擊小舟的聲音。

眼前的這座湖就像一面巨大的圓鏡，發出微光。有幾艘獨木舟在我們前頭，我和珍遠遠落後。

身上的橡膠救生衣又悶熱又厚重，我們脫了下來扔在小舟底。

我們不疾不徐的划動木槳。我往後看了一眼，只見我們離岸邊已經有好幾英里遠了。

我突然覺得一陣恐懼，畢竟我的泳技沒有那麼好，大概沒辦法從這兒游回岸邊。

就在我回頭遠眺著岸邊時，獨木舟突然一陣猛烈的晃動。

「啊！」我抓住船舷。

我回頭一看——不禁大吃一驚，珍竟然站了起來。

「珍……別這樣！妳在做什麼？」我高聲大叫，「妳在做什麼？」

小舟搖得更加厲害了。我抓住小舟的兩側，設法讓它穩定下來。

小舟傾向一邊，湖水濺到我的雙腳。

「珍……別這樣！」我又大叫。「坐下！妳在做什麼？」

她瞇著眼睛定定的注視著我說：「再見了，莎拉。」

這句英文怎麼說

我不可能從這兒游回去的。
I don't think I can swim back from here.

10.

當她把一隻腳伸進湖水裡時，小舟傾斜得更厲害了。她脫下套在泳衣外頭的T恤，把它扔在小舟底。

「不……求求妳！」我哀求道，「別把我一個人扔在這兒，我不太會游泳，萬一船翻了怎麼辦？我不可能從這兒游回去的！」

「妳把我的暑假搞砸了，」她指控道，「現在所有的人都知道我有氣喘病，拜妳之賜，他們不讓我參加六天的獨木舟之旅。」

「可是，我不是有意的。」我急忙分辯道。

「而且妳也把布蘭娜和梅格整得一塌糊塗。」珍怒聲罵道。

「不，妳聽我說……」我說，「我向她們道過歉了，我不是故意的……」

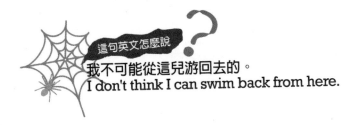

她把全身的重量移到一側，於是整艘獨木舟跟著往那一側傾斜。

然後她又把全身重量移到另一側，接著又移到另一側。

她好整以暇的讓小舟急速擺動，故意不慌不忙的用這種方法來嚇我。

「別讓船翻了，珍，求求妳……」我懇求她。

她把小舟弄得更傾斜，也搖得更厲害。

我在小舟裡跌跌撞撞。

「我真的不太會游泳，」我又說，「我真的覺得我沒辦法……」

她發出一聲恐怖的咕噥聲，然後把頭髮甩到後頭，高舉雙臂，屈膝，用力一蹬，忽的潛到了水裡。

「不……！」小舟傳來一陣劇烈的搖晃，我不禁放聲大叫。

珍跳進水裡，激起了一陣高聳的水花。

獨木舟整個斜向一側……猛烈的搖晃……

……然後就翻覆了！

我啪的一聲摔進水底，隨即又被冷冰冰的湖水往上推。

這句英文怎麼說

我真的不太會游泳。
I'm really not a good swimmer.

我太震驚了，全身都僵住了。
我感覺獨木舟在我上頭的湖面上擺盪著。
湖水灌進我的鼻子和嘴巴，我嗆到了。
我一陣陣作嘔，狂亂的揮動雙臂和雙腿。
我自己拚命的往上游……往上游……游到了湖面。
終於把頭伸出了劇烈起伏的水面上。
我大口的吸了一口新鮮的空氣，然後又吸了一大口。
我浮在水面上，看見獨木舟在湖面上上下下震動著。
我穩住心情，緩緩的呼吸，讓心跳恢復正常。
然後游向獨木舟，抓住它。
我一隻手臂緊緊的攀住小舟，這可是救命工具哪！
我和小舟一起在湖面上上下晃動，我避開刺眼的陽光，搜尋珍的身影。
「珍？珍？」我高喊。
「珍？妳在哪裡？」

我轉過頭，四面八方搜尋著。

一陣強烈的恐懼感使我的胸口一緊。

「珍？珍？妳聽得見嗎？」我扯開喉嚨大喊。

這句英文怎麼說

我轉過頭，四面八方搜尋著。
I turned and searched in all directions.

11.

我一手緊抓住獨木舟，一手舉在額前擋住陽光。「珍？珍？」我大聲的吼著。

我瞧見她了。

她的金髮在豔陽下閃閃發亮。我看見了她的紅色泳裝，她雙臂平穩的划動著，雙腳踢起一波波水花。

她筆直的朝著岸邊游去。

我終於明白，她要游回去，把我拋下留在湖裡。

我轉頭，搜索其他獨木舟的蹤影。

我瞇著眼睛，看見前方很遠處有幾艘獨木舟。但它們離我太遠了，根本聽不見我的叫聲。

我在想，也許我可以把獨木舟翻過來。這樣我就可以爬回小舟上，用槳划回去。可是那兩根木槳跑到哪裡去了呢？

我遠眺營地那邊——只見珍正在跟麗茲說話。她驚慌失措的揮舞著雙手，指著湖面，指著我。

一群孩子圍著她們倆。我聽見一陣陣激動的說話聲、高喊聲和驚叫聲。

接著麗茲推了一艘獨木舟下水。

她要來救我了，我知道，一定是珍告訴她我沒辦法自己游回岸邊去。

我忽然覺得很難堪，我知道岸邊所有的小朋友都在注視著我，而且他們一定在說我有多蠢。

可是我管不了那麼多了，我只想回到乾燥的陸地上。

不一會兒，麗茲就來到了我身邊。我一爬上她的獨木舟，立刻想向她道謝。

可是麗茲沒等我開口，劈頭就質問：「妳爲什麼要這麼做？」

「什麼？」我喘了一口大氣，「我做了什麼？」

「爲什麼妳要把獨木舟弄翻？」麗茲問。

這句英文怎麼說

我張開嘴想要辯解。
I opened my mouth to protest.

我張開嘴想要辯解——可是只發出一聲短促的尖叫。

麗茲皺著眉頭不高興的看著我，「珍說妳故意把獨木舟弄翻，妳難道不知道這樣做很危險嗎？」

「可是……可是……！」

「為了這件事，我要召開一場特別會議，」她說，「水上安全非常重要，所有隊員必須時時謹記水上安全規則，要是大家不守規矩，冷湖營怎麼辦得下去！」

「我希望它不要繼續辦下去。」我難過的低聲自語。

於是麗茲在山莊裡召開了一場冗長的會議，並規定所有營隊隊員都必須列席。她再一次一條一條的重申了水上安全規則。

接著又放了一次「同伴系統」的幻燈片，簡直像永遠都不會結束似的。

我坐在邊邊，雙眼直盯著地板，然而每次一抬起眼睛，就看見布蘭娜、梅格和珍滿臉怒容的瞪著我。

其他營隊隊友也不時投來充滿敵意的眼光，我知道他們一定是在怪我害他們得來參加這麼一個冗長又無聊的會議。想必是珍告訴了營隊所有的人，是我把獨木舟弄翻的。

「我要你們切實牢記這二十條水上安全規則。」麗茲說道。

有更多隊員不悅的瞪著我。

我心想，所有人都討厭我。

我難過的搖了搖頭。

而對這樣的狀況我卻無力改變。

就在這個時候，我忽然靈光一閃。

這句英文怎麼說

有更多隊員不悅的瞪著我。
More campers stared angrily at me.

12.

「我要逃離這兒。」我告訴阿倫。

「再見，」他平靜的說，「祝妳好運。」

「閉嘴，我是說眞的！」我堅定的說，「我不是說著玩的，我眞的要逃出這裡。」

「記得寄一張明信片給我。」阿倫回答。

吃過晚餐後，我把他從餐廳裡拖了出來。我得跟他談一談，於是把他拉到了湖邊。

這兒沒有半個人，大家都還待在山莊的餐廳裡。

我看了湖邊的獨木舟一眼，它們三艘、三艘的架在一起。我腦海裡浮現出珍

的金髮和紅色泳裝，她越游越遠，把我丟在湖水裡。

而且還欺騙麗茲，害我百口莫辯，成了眾矢之的……

我抓住阿倫的肩膀用力搖晃，「爲什麼不把我的話當眞？」我忿恨的怒喊。

他笑了。

「妳不應該在別人吃過營隊的肉塊後還猛搖他。」他打了個飽嗝。

「你好噁心哦！」我生氣的說。

他露出一抹邪邪的微笑。「這可是家傳的。」

「別再鬧了，我是說眞的，」我厲聲道，「我眞的很不快樂，阿倫，我討厭這個營隊，這兒沒有半支電話可以打，我沒辦法打給爸媽，所以我決定逃走。」

他的表情變了，他看出我是認眞的。

他撿起一塊扁平的石子擲向水面，只見湖面泛起一圈圈漣漪，然後回歸平靜。

湖面映照出灰暗的天空，所有的一切都是灰灰暗暗的，地面、天空、湖水都是灰暗的。樹林的黝黑倒影在灰暗的湖面閃爍。

這句英文怎麼說

這兒沒有半支電話可以打。
There is no phone here we can use.

「妳要逃到哪裡去？」阿倫輕聲問道。他又快速的變成那個成熟又「聰明」的弟弟了。可是我一點也不介意。

我必須告訴他我的計畫，我不能在沒告訴他的情況下離開這兒。

「穿過這片樹林，」我說，並指著前方，「林子的另一頭有一座小鎮，等我到了那兒，就會打電話給爸媽，要他們來接我。」

「妳不可以這樣！」阿倫反對。

我揚起下巴。「爲什麼不可以？」

「營隊規定我們不可以到林子裡去的，」他回答，「理查說這片樹林很危險……妳記得嗎？」

我又推了阿倫一把。

我太緊張、太憤怒了，控制不住自己的雙手。

「我才不在乎理查怎麼說！」我怒吼，「我要逃走……你記得嗎？」

「待在營隊再試一次吧，莎拉，」阿倫急切的說，「我們來到這兒還不到一個星期，留下來再試試。」

就是這句話，我完全失控了。

「我最討厭你每次都一副很有理的樣子！」我大叫。

我伸出雙手猛力推他。他失去平衡，驚訝得嘴巴張開……然後搖搖墜墜的跌向湖裡。

他往後仰倒在湖邊的濕泥地上。

「噢……」我聽見他驚呼了一聲。

「對不起……」我開口說，「我不是故意的，阿倫，我……」

他從一堆又黏又滑的髒泥巴和水草裡掙扎的爬了起來，揮舞著拳頭，口中發出連串的叫罵。

我嘆了口氣。

現在連弟弟都對我這麼兇。

我要怎麼辦？

我問自己。我該怎麼做？

當我步履蹣跚的回到木屋時，腦袋裡正盤算好一個全新的計畫。

眞的是個孤注一擲的計畫。
一個眞正危險的計畫。
「明天，」我喃喃自語，「我要付諸行動！」

這句英文怎麼說

我最討厭你每次都一副很有理的樣子！
I hate it when you're so sensible!

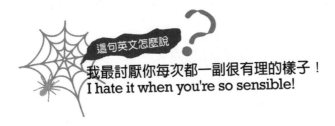

13.

隔天早上我滿腦子都在思考那項計畫，我很害怕……可是我很清楚自己沒有退路。

那天下午我們那組有游泳自由活動，想也知道，所有人都有同伴，就只有我沒有。

我光著腳踩在湖邊的濕泥地上，看著大家一對、一對的朝著水裡走去。天空中一朵朵的白雲映照在風平浪靜的湖面上。

幾隻細蚊在水面上跳躍。我盯著牠們，心想，爲什麼牠們不會弄濕？

「莎拉，現在是游泳時間。」麗茲高聲說道，並快步朝我走來。她穿著粉紅色的連身泳裝，外頭罩著一件簡單俐落的網球衫。

這句英文怎麼說

我真的對我所計畫的事感到無比的害怕。
I really was scared by what I planned to do.

我調整泳衣的肩帶，雙手顫抖著。

我真的對自己所計畫的事感到無比的害怕。

「妳爲什麼不游？」麗茲問，並伸手把我肩上的一隻蒼蠅趕走。

「我……我沒有伴。」我結結巴巴的說。

她看了看四周，想要幫我找個伴，可是所有人都在水裡了。

「好吧……」麗茲煩躁的抿了抿嘴，說，「妳自己游吧，就待在岸邊附近，我會隨時注意妳的。」

「太好了，謝謝。」我對她微微一笑，迫不及待的跑向湖邊。

我可不想讓她看出我的行動有什麼不尋常的地方，我的腦子裡有一個驚天動地的計畫……

我踩進水裡。

噢噢，好冰。

一片雲朵遮蔽了陽光，天空頓時暗了下來，氣溫也變冷了。

我的腳陷進湖底的泥濘，數以百計的細蚊在前方水面上飛躍。

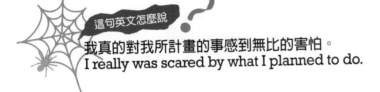

好噁心哦，我想。爲什麼我得跟泥巴和蚊子一起游泳呢？

我做了個深呼吸，再往前走，當湖水淹到腰部時，我彎低身子游了起來。

我往返游了幾趟，適應水溫，並維持呼吸的平順。

不遠處，布蘭娜和幾個女孩正在玩某種接力賽，她們開心的笑鬧著，玩得很高興的樣子。

再過幾分鐘她們就笑不出來了，我忿忿的想。

冷不防的，一波湖水朝我迎面襲來，我大叫一聲。

接著另一波湖水潑向我的臉。

過了幾秒鐘我才恍然大悟，原來是……阿倫正朝我猛潑水。

他在我面前站了起來……而且從嘴裡朝我臉上吐出一道水柱。

「噁心！你怎麼可以把這麼髒的水往嘴裡灌？」我大叫，並不停的作嘔。

他大笑著游開，回到他的死黨那兒去了。

再過幾分鐘，他也一樣笑不出來了，我對自己說。過了今天，他就不會用這種方式對待我了。

這句英文怎麼說

你猜到我孤注一擲的計畫了嗎？
Have you guessed my desperate plan?

每個人都一樣。

我忽然有點罪惡感。我應該事先把我的計畫告訴阿倫的，我並不想嚇唬他，我只是想嚇嚇其他人。

可是我知道，要是我把這個計畫告訴那個「務實的」、「講理的」阿倫，他一定會勸我別做傻事，而且還會跑去告訴麗茲，要她出面阻止。

嗯……沒有人能阻止我，我發誓。

你猜到我孤注一擲的計畫了嗎？

事實上，那還挺簡單的。

我打算淹死我自己。

嗯……也不完全是啦。

我打算潛到湖底，待在底下很久、很久。讓所有人都以爲我已經淹死了。

因爲長期練長笛的關係，我的肺活量很大，能夠屏住呼吸一段很長的時間。

大概可以在水底待個兩到三分鐘之久。

這已經夠把大家嚇得半死了。

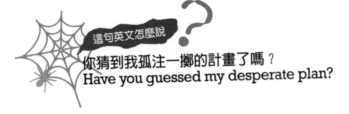

所有人都會慌了手腳，包括布蘭娜、梅格和珍。

所有的人都會因爲他們曾經那麼惡劣的對待我而感到愧疚。

這麼一來，我會有個全新的開始。等我死裡逃生之後，營隊裡所有的人都會好好的對待我。

所有的人都會變成我的好朋友。

所以……該行動囉！

我看了所有笑鬧著、高喊著的隊員們最後一眼。

做了一個前所未有的深呼吸。

然後縱身往下，潛進了湖底。

這句英文怎麼說

我會有個全新的開始。
I'll get a new start.

14.

這座湖淺淺的，只有幾英尺深，然而湖底卻筆直落下，非常陡峭。

我奮力踢水，遠離隊友們，然後把身體上下打直，蹲了下來。

太好了。

我把雙手垂在腰際，讓身體往下沉。

往下、再往下。

當我沉到湖底的時候，我張開雙眼，眼前盡是一片綠色世界。湖波閃爍著淡綠色的微光。

我漂浮在一顆綠寶石裡面，我想。我深深的、深深的漂浮在一顆閃耀的綠色寶石裡面。

我想起媽媽一直戴在手上的小小綠寶石戒指，那是她的訂婚戒指。我想起爸媽，想到萬一我眞的淹死的話，他們會有多傷心。

我們不應該讓莎拉去參加那個水上活動營的——他們會這麼說。

我的腳碰到柔軟的湖底。

一顆氣泡從我嘴裡冒出來，我趕緊抿緊雙唇，屏住呼吸。

我緩緩的往湖面浮上去。

我緊閉雙眼，挺直著身體，好看起來像溺水的樣子。

我想像著當麗茲看到我直挺挺的身體浮在水面上、頭髮隨著湖水載沉載浮時，會露出多麼驚恐的表情。

當我想到麗茲縱身跳下湖裡來救我，她身上的白色網球衫濕漉漉的樣子時，我差點兒就要笑出來了。

我硬是保持身體僵直不動。

我的雙唇抿得更緊，而且想到了布蘭娜、梅格和珍。

她們會對我的事感到歉疚，會因爲以前那麼刻薄的對待我而後悔一輩子。

這句英文怎麼說

我的腳碰到柔軟的湖底。
My feet hit the soft lake floor.

等我被救活之後，她們將會了解她們以前有多惡毒，而且也將變成我的好朋友。我們將會變成很好的朋友。

而且會有個很棒的暑假。

我的胸口緊繃了起來，喉嚨深處一陣灼熱。

我張開雙唇，吐出一些空氣。

可是我的喉嚨依然又燙又痛，胸口也很難受。

我俯身漂浮著，雙腳保持僵直，雙手鬆弛的懸在腰際。

我凝神傾聽有無驚叫聲。

這會兒應該有人看到我了才對。

我凝神傾聽有無呼救聲，隊友向麗茲發出的呼救聲。

可是毫無動靜。

我聽到的只是沉在水底時那深沉的寧靜。

我又輕吐了一口氣。

我的胸口劇痛，覺得要爆開來了。

我張開雙眼，有誰在附近嗎？有誰會來救我呢？

我只看到一片綠色。

大家都到哪兒去了？我不禁想。

麗茲應該看到我了呀，為什麼她不把我從水裡拉上岸？

我想著身穿白色網球衫的她，她曬得黝黑的雙臂和雙腿，還有她的紅髮。

麗茲……妳在哪裡？

麗茲……妳沒看到我溺水了嗎？妳不是說妳會隨時留意我的嗎？

我無法再撐下去了。

我的胸口快爆炸了，渾身發痛，而且我的頭也快要炸開了。

沒有人看到我嗎？

我感到一陣劇烈的暈眩。

我閉上眼睛，可是依然頭昏腦脹。

我把肺裡頭最後一點的氧氣輕吐出來。

可是沒有氧氣了，我想，已經沒有氣了……

這句英文怎麼說

我的胸口快爆炸了。
My chest is ready to explode.

我的雙手、雙腳發疼。

胸口像火在燒。

我閉上眼睛，只見無數的金星，飛舞著，飛舞著，越來越亮……越來越亮……

它們圍繞著我快速的飛舞著。

繞著我灼熱疼痛的軀體飛舞著。

我的胸口要爆炸了……要爆炸了……

我忽然感到好冷，好冷。

眼前飛舞的金星越來越亮，亮得像探照燈那樣刺眼，亮得像閃光燈那樣，在我眼前飛竄。

那些閃光包圍著我僵直、冰冷的軀體。

我冷得發抖。

又全身顫抖。

冰冷的湖水流進我的嘴巴。

我知道，我憋氣憋得太久了。

沒有人會游過來，沒有人會游過來救我。

而我憋氣憋得太久太久了。

我想要看清楚周遭的一切，可是光線太刺眼了。

我看不見，看不見任何東西。

我又吞了口湖水。

我看不見，無法呼吸。

不能再這樣下去，我不能再等待了。

我掙扎著想要把頭伸出水面，可是卻抬不起來。我的頭彷彿有千斤重。

我不能再這樣下去……我已經無法呼吸了。

我使盡吃奶的力氣，動了動肩膀往上竄。

我把頭抬高。

好重……好重，我的頭髮浸在水裡太久，以至於沉重不堪。

水流從我的臉頰流過。

流過我的眼睛。

這句英文怎麼說

我又吞了口湖水。

I swallowed another mouthful of water.

我轉頭對著岸邊，瞇著眼睛閃避刺眼的亮光。

我瞇著眼睛，擠開從頭上往下竄的水流。

我瞇著眼睛凝望著……

岸邊沒有任何人影。

我又轉過頭來，搜索著湖面。

也沒有任何人影。沒有人在游泳。沒有人在岸上。

我心裡想，大家都到哪裡去了？

我渾身發抖。

大家都到哪裡去了？

15.

我奮力的游向岸邊。

我的雙腳已經麻木了，當我從水裡走出來時，完全感覺不到自己踩在濕泥地上。

我搓著雙臂，完全感覺不到雙手的存在，也感覺不到湖水竄流過我的全身和後背。

我全身僵硬，沒有任何感覺。

「大家都到哪裡去了？」我高喊。

可是我真的發出聲音了嗎？我真的還有聲音嗎？

我聽不見自己說話的聲音。

這句英文怎麼說

我猛然轉身，差點失去平衡。
I spun around, nearly losing my balance.

我踏上草地，甩動全身，就好像落水狗抖動身體把水甩乾。

我想甩掉凍僵的軀體裡的某些感覺。

「你們都到哪裡去了？」

我緊抱著雙臂，踉踉蹌蹌的往前走。看到獨木舟時我停下了腳步，所有的獨木舟都直立著放在岸上，而且全部繫在一起。

有些隊員今天不是去划獨木舟了嗎？這些獨木舟不是都下到湖裡頭去了嗎？

「嘿！」我高喊。

可是爲什麼我聽不見自己的呼叫聲呢？

「你們在哪裡？」

岸上沒有半個人影。

我猛然轉身，差點失去平衡。

湖裡也沒有人。

沒有半個人影，到處都見不到任何人。

我蹣跚的走過救生器材和橡皮艇，那上頭蓋著防水帆布。

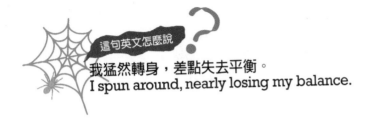

難道沒有人要用這些東西了嗎？我不禁納悶，他們爲什麼要把這些救生器材蓋起來？

他們爲什麼這麼快就離開這座湖？

我環抱住雙臂，顫抖著，朝山莊走去。當我注意到所有的樹的時候，不禁發出一聲驚喘。

光禿禿的，所有的樹都光禿禿的。

「不……」我的喉嚨發出一聲淒厲的號叫，那是一聲無聲的哀號。

那些樹葉是什麼時候掉光的？爲什麼它們會在盛夏時全部掉光呢？

我加快腳步往山莊走去。好冷，我好冷。

有東西飄在我肩膀上，刺痛了我的眼皮。

下雪了？

沒錯，細細的雪花隨著一陣微風緩緩的飄落下來。那些光禿禿的樹也因爲被風吹動而沙沙作響。

我把濕髮上的雪花拍掉。

這句英文怎麼說

我把溼髮上的雪花拍掉。
I brushed snowflakes from my wet hair.

下雪了？

可是我知道那是不可能的。

絕對不可能。

「嘿……」我的叫聲在樹林之間迴盪。還是那是我的錯覺？

有誰聽見我害怕的呼喊嗎？

「救……救……我！」我高喊，「誰來救……我！」

一片沉寂，只除了頭頂上的枝枒發出細細的刮擦聲。

我跑了起來，赤裸的雙腳無聲的在冰冷的地上疾奔。

當我跑出那片樹林，幾幢小木屋出現在眼前，木屋的屋頂上已經覆蓋了一層薄薄的白雪。

地面就像天空般灰暗，所有的木屋都黑黝黝的，木瓦牆也一片陰暗。只有無止盡的陰暗包圍著我。

一個陰森黑暗的世界。

我來到第一座木屋，推開了門。

「嘿……我需要幫忙！」我大叫。

我注視著空蕩蕩的房間。沒有人在，沒有行李箱，沒有散亂的衣服。

我抬起眼睛望向靠牆的床鋪，所有的毯子、床單和床墊都已經被收走了。

也許這間木屋沒有人住吧，我想。

我從門口退了出去，轉身跑向一排木屋，那裡也一片漆黑而靜寂。

我住的木屋在小路往上走的山丘上，我鬆了口氣，跑向前去，推開大門。

「布蘭娜？梅格？」

室內空蕩蕩的，而且一片漆黑。

床墊不見了，海報被扯了下來，沒有衣物，沒有提袋，也沒有行李箱。

這裡沒有絲毫有人住過的跡象。

「妳們在哪裡？」我尖聲問道。

接著，我想到：「那我在哪裡？」

我的東西？我的床呢？

我發出一聲恐懼的哀號，衝出了木屋。

這句英文怎麼說

我穿過營地。
I tore through the camp.

好冷，我冷得全身僵硬。我穿著濕淋淋的泳衣狂奔。

我穿過營地，打開所有敞開的門，望著空蕩蕩的房間，呼喊著、呼喊著有誰……隨便哪個人來救救我。

我進到山莊裡，只聽見我的喊叫聲迴盪在高大的椽木之間。

那該不會又是我的錯覺吧？我眞的叫出聲音了嗎？

爲什麼我聽不見自己的叫聲？

我衝進餐廳，所有的長板凳都反扣在餐桌上，廚房也是一片無聲的黑暗。

發生什麼事了？我納悶著，忍不住全身顫抖。

大家都到哪兒去了？爲什麼所有的人都走了？爲什麼他們走得那麼快？外頭怎麼可能會下雪呢？

我踉踉蹌蹌的往後退，陷入陰暗的寒冷之中。灰暗的地面升起一團團灰色濃霧，我雙手環抱著自己，想讓身體暖和起來。

我既害怕又疑惑，從這棟建築踱向另一棟建築。我感覺自己好像正在游泳，在濃密的灰霧裡泅泳著，在一層層無邊無際的黑暗中漂游著。

然後，就在我聽到一個聲音時，我停下腳步。

那是個微弱的聲音，女孩子的聲音。

她在唱歌。

她的歌聲高亢而微弱。

「我不是孤單一個人！」我大叫。

我凝神傾聽她的歌聲，那是一首輕柔而又悲傷的歌。

於是我向她呼喊，「妳在哪裡？我看不見妳！妳在哪裡？」

這句英文怎麼說

我跟著那微弱的歌聲來到山莊。
I followed the tiny voice to the lodge.

16.

我跟著那微弱的歌聲來到山莊，只見一個女孩坐在高高的木頭台階上。

「嘿！」我叫道，「嘿！我在找人幫我，妳能幫我嗎？」

她繼續唱著，彷彿沒有看見我。

我朝她走過去，終於聽出來她正用她那細細的聲音，在唱那首冷湖營的營隊歌。

她一頭捲曲的淡金色長髮垂在臉頰兩側。五官細緻、漂亮，但是臉色卻很蒼白。而且蒼白得不可思議。

她穿著一件白色的背心和白短褲，身上覆滿了雪花。我冷得不停打顫，但她卻像是感覺不到一絲絲的寒意。

當她唱歌時，她的頭左右搖擺，圓圓的藍眼珠注視著天空，讓我聯想起那對眼珠就像藍色大理石，鑲在她那蒼白而毫無血色的臉上。

我跨步走到她的面前，並一邊伸手把我前額上的雪花撥掉。

她一直到歌聲結束後才轉過頭來看我。然後她微微的笑了起來，「嗨，莎拉。」她的聲音就像她的歌聲一樣輕柔。

「妳怎麼……怎麼會知道我的名字？」我結結巴巴的問。

她的笑容更深了。「我一直在等妳。」她回答，「我叫做黛拉。」

「黛拉……我好冷。」我衝口而出。

她站起來，轉過身去，從背後的台階上拉出某樣東西。是一件白色浴袍。她把浴袍拿起來，披在我抖個不停的肩膀上。

她的雙手好輕，我幾乎感覺不到任何重量。

她幫我繫上衣帶，然後退後一步，對著我淺淺一笑。

「我一直在等妳，莎拉。」她的聲音既像嘆息又像是耳語。

「什麼？」我高聲說道，「妳說妳在等我……」

這句英文怎麼說

我跨步走到她的面前。
I stepped up in front of her.

她點點頭，淡金色的長髮也跟著飄動。

「我不能丟下妳，莎拉，我需要一個同伴。」

我注視著她，想弄清楚她的話。「其他人呢？」我大聲問，「大家都到哪裡去了？」

我拂去眉毛上的雪花，「黛拉，這裡怎麼會變成冬天了呢？」

「妳會當我的伴……是不是，莎拉？」她的藍眼珠緊盯著我的眼睛，金髮在她蒼白的臉上閃閃發亮。

我眨了眨眼睛。「我不明白……」我說，「請妳回答我的問題。」

「妳會當我的伴，是吧？」她又說了一遍，睜著那雙令人驚異的眼睛乞求著，「我等一個伴等了好久、好久，莎拉，我等了好久、好久。」

「可是，黛拉……」

她又開始唱起歌來。

我把雙手插在浴袍的口袋裡，好冷，身體還是沒有暖和起來，我不停的發抖。

爲什麼她把冷湖營的營隊歌唱得如此哀傷呢？

爲什麼她不回答我的問題呢？

她怎麼知道我的名字？還有，爲什麼她說她一直在等我？

「黛拉，求求妳……」我說。

她一邊唱著悲傷而怪異的歌，一邊飄上階梯朝山莊移動，金髮在灰暗的微光中閃爍著。她每走一步，四周的霧也跟著迴旋。

「噢！」當我發現我的視線能穿透她的身體看到東西時，不禁驚呼。

她飄浮在台階上，左右擺動著頭，唱著那宛如耳語般又輕又細的歌。

「黛拉……」

她停止唱歌，又對我微微一笑。雪花飄落在她的金髮上，濃霧依舊在她四周迴旋。

我的視線穿過她的身體，看見了她背後山莊的黑色木瓦。我木然的凝視著透明的她。

「莎拉，現在妳是我的同伴了，」她輕輕的說，「我需要一個同伴，在冷湖營的人都需要一個同伴。」

這句英文怎麼說

濃霧依舊在她四周迴旋。
The fog still swirled around her.

「可是……可是妳已經死了！」我衝口而出。

我知道，黛拉已經死了。

而我是她的同伴。

那表示……

表示我也已經死了！

17.

黛拉飄浮在我的前方，輕飄飄的，又如此蒼白。一陣風吹動她的長髮，那長長的金髮飄起來圍繞著她，宛如閃閃發亮的光環。

「妳已經死了，」我低聲說，「我也是。」

說出這些話時，我不禁感到一陣寒意襲遍了全身。

我開始了解到事實，開始明白這一切到底是怎麼回事。

黛拉以前是在這兒溺斃的，在那座湖裡淹死的。

這就是爲什麼營隊的指導員那麼嚴格的要求大家遵守水上安全規則。

這也是爲什麼他們要那樣沒完沒了的講解那些細則，以及又臭又長的規定。

更說明了爲什麼他們堅持時時奉行「同伴系統」。

這句英文怎麼說

她耐心的等待著。
She waited patiently.

黛拉以前在這兒溺斃了。

而現在我成了她的同伴。

我是她的同伴……因爲我也溺斃了。

「不……」一聲長長的、充滿驚懼的哀號從我的喉嚨深處迸發出來。

我仰著頭，像野獸般哀號著。那哀號充滿了無盡的憂傷。

黛拉飄浮在我前面，凝視著我，等待我停下來。她知道我的想法，她知道我已經明白了一切。

她耐心的等待著。

她等我多久了呢？她等待一個同伴，一個死掉的同伴多久了呢？

她等待另一個不幸溺斃的女孩，等多久了呢？

「不……！」我呻吟道，「不，我不要，黛拉！我不要！我不要做妳的同伴！我不要！」

我猛然轉身，忽然一陣暈眩，差點跪在地上。

我跑了起來，白浴袍敞開來。我從她身邊跑開時，敞開的浴袍彷彿一對翅膀。

我光著腳在雪地上狂奔。

經過一團團的濃霧，奔過一大片灰暗的地帶。

「回來！莎拉！」我聽見黛拉在叫我，「回來！妳必須做我的同伴！我困在這裡，像幽靈一樣困在這裡了，我離不開這座營地……找不到同伴的話，我無法到另一個世界去！」

可是我沒有停下來，我不斷的在營地裡狂奔，穿過了所有的木屋、穿過樹林邊緣的補給品倉庫。

我不停的跑，想逃離她的呼喊聲，逃離她那幽靈般的呼喚。

我不想當她的同伴，我告訴自己。我不想要當「鬼」！

我一邊跑，一邊眨著眼睛弄掉飄落的雪花。我奔過沙沙作響的光禿樹林，沒有回頭，只是向前狂奔。

當我跑到湖邊，察覺到冰冷的湖水淹到雙腳時，我停了下來。

冰冷、陰暗的湖水。

我不斷的喘息，想穩住呼吸，可是我的胸口好痛，感覺好像要炸開了。

這句英文怎麼說

我不想當她的同伴。
I don't want to be her buddy.

我喘著氣，轉過頭……只見黛拉飄浮在樹幹之間，面對著我飄浮著，雙眼閃著藍色的火焰。

「妳不可以丟下我，莎拉！」她高聲說道，「妳不可以離開！」

我轉過身背對著她，面對著湖水。

我的胸口、我的頭，我的全身都好痛好痛。

我無法呼吸。

我的胸口要炸開了。

我陷進泥地裡。

所有的灰暗變成了一片漆黑。

18.

無數的白色光點在我上頭飛舞。

我以爲是螢火蟲在深夜的草地上飛舞。

細小的光點越來越亮，圓圓的，像手電筒的光束。

越來越亮。

直到它變成一顆發光的金色球體。

我眨眨眼。

過了好一會兒我才明白，我剛剛一直盯著太陽。

我把頭轉向一側。

我忽然感覺到身體的重量，察覺到自己正躺在地上，而背後的地面承受著我

這句英文怎麼說

我眨了好幾次眼睛。
I blinked several times.

全身的重量。

我的身體。

我活過來了。

我聽見一聲呻吟，有人在我上頭動了一下。

我眨了好幾次眼睛，瞇著眼睛看著上頭的麗茲。

她的臉脹得通紅，嘴巴因爲極度的不悅而扭曲著。

「噢！」當她的雙手在我胸口按壓時，我不禁發出呻吟。

她抬高雙手，繼續壓迫。我感覺有水從我張開的嘴巴流出來。我嗆到了，更多的水從我的下巴流了下來。

「她恢復意識了，」麗茲高聲宣布，又用力擠壓我的胸口，「她活過來了！」麗茲高喊。

我看到在她身後有好多雙光溜溜的腿，我看到泳衣、營隊隊員。

沒錯，所有其他的隊員。

我又呻吟了一聲，麗茲繼續按壓著我的胸口。

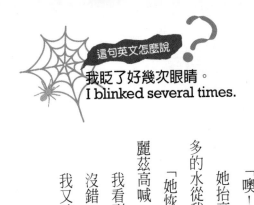

我知道自己正躺在湖邊的地上，而麗茲正在為我做ＣＰＲ（註）。

其他的隊員圍在我身邊，注視著，注視著麗茲能不能救活我。

「我……活過來了！」我衝口而出。

我坐了起來，看著四周。

每個人都回來了！

又變回夏天了，葉子又回到了樹上，陽光灑落而下。

而且每個人都回來了，包括我！

麗茲發出一聲嘆息，跪坐在地上。「莎拉，妳沒事吧？」她氣喘吁吁的問，一邊抬起手拭去前額上的汗水。「妳還好吧？」

「我……沒事。」我輕聲的說。

我的嘴裡有股酸酸的味道，腦袋仍然暈暈的。

麗茲背後的幾個孩子連聲歡呼，還鼓掌喝采。

「有一會兒我們還以為妳沒救了，」麗茲嘆了口氣，「妳的呼吸停了，嚇死人了！」

這句英文怎麼說

我的嘴裡有股酸酸的味道。
I had a sour taste in my mouth.

兩個營隊指導員扶著我站起來，我還是有點暈眩，可是我盡量穩住。

「我沒事！」我高聲說道，「麗茲，謝謝妳，妳……救了我的命！」

我抱了抱麗茲，然後轉過身去抱了抱阿倫。

布蘭娜和梅格就站在一旁，我也抱了抱她們，她們似乎有點吃驚。

我好高興，我活過來了！

好高興脫離了那片陰森恐怖的湖水，還有那個在空蕩蕩的營地裡徘徊不去的幽靈女孩。

「莎拉……怎麼回事？」麗茲問，一隻手搭在我依舊潮濕的肩膀上，輕柔的把我的頭髮撥到後面。

「我也不知道，」我說，「我眞的不知道。」

麗茲聳聳肩。「當妳停止呼吸時，我……我眞的嚇壞了。」

「我沒事了，」我微笑的對她說，「謝謝妳。」

「她是故意這麼做的，她是爲了博取大家的同情。」我聽見有人輕聲說道。

我轉過頭……只見珍對著另一個女孩耳語著。

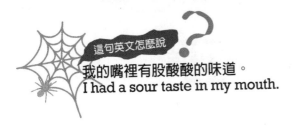

「這麼一來，所有的人都得稱她『可憐的莎拉』了，」珍用一副不以爲然的表情說，「這下子大家都得對她好了。」

我覺得好難過，想開口向珍解釋。

可是我實在太高興能活過來了，於是什麼也沒說。

我一手搭在阿倫的肩膀上，讓他帶我回木屋。

「我會好好在這兒待下去，」我對他說，「我會玩得很愉快的。」

護士很仔細的檢查我的身體，下午我睡了一個長長的午覺。

醒過來後，我覺得肚子好餓好餓，才想起來這一整天我什麼都沒吃。

我穿上牛仔褲和營隊上衣，匆匆忙忙的趕到營火區。

當我沿著小路跑向樹林旁邊的那塊空地時，烤肉架上熱狗和漢堡的香味已經飄散在空氣裡了。

理查跟我打招呼。「莎拉，妳氣色很好哇！」他高聲說道，「我聽說……今天下午妳在湖裡發生什麼事了？」

這句英文怎麼說

護士很仔細的檢查我的身體。
The nurse checked me out carefully.

「嗯，我沒事了，」我說，「我很好。」

「嘿……別再發生意外了，」他抱怨道，「否則妳得去兒童池游泳了。」

「我會小心的。」我答應他。

「妳最好小心點……因爲我們可沒有兒童池！」他開玩笑的說。

我笑了。

「去找個位子坐下來，」他說，指著四周的木頭，「大家各自找位子坐下來！」

他高喊，「吃飯之前我們要開個會！」

大多數的隊員都已經找好位子坐了下來。我飛快的看了看四周，也想找個位子。

「莎拉……」有個聲音在叫我。

「莎拉……我在這兒。」

當我看到黛拉時，不禁發出一聲驚呼。

是黛拉！

她一個人坐在林子邊的一塊木頭上，長長的金髮垂在兩頰邊閃閃發亮。

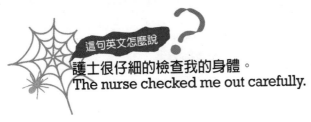

黃昏的粉紅夕陽穿透了她的身體。

夕陽直接穿透了她的身體。

「不……」我發出呻吟。

「過來這兒，莎拉！」黛拉呼喚著我，「求求妳……過來和我一起坐，當我的同伴！」

註：心肺復甦術，簡稱爲CPR（cardiopulmonary resuscitation）。在病患心臟停止跳動或沒有脈搏的時候所實施的急救方法；包括清除呼吸道障礙物、口對口人工呼吸，及藉由胸部壓迫而對心臟按摩。

這句英文怎麼說？

麗茲伸出雙臂環抱著我。

Liz wrapped her arms around me.

19.

我舉起雙手摀住嘴巴，發出一聲尖叫。

「不！妳別待在這兒！」我哀號著，「妳是鬼！妳不屬於這裡！我又活過來了！我是活人！」

我轉過頭去，只見理查和麗茲正往我這兒跑來。

阿倫越過營火圈，跳了起來，朝著我跑過來。

「莎拉，怎麼了？發生什麼事了？」

「妳沒看見她嗎？」我尖聲說道，指著靠近樹林邊的那塊木頭，「她是鬼！可是我活過來了！」

麗茲伸出雙臂環抱著我。「沒事了，莎拉，」她輕聲安慰我，「妳已經沒事

了。」

「可是……可是她就坐在那兒！」我急促的說。

所有人都轉過頭去看著那塊木頭。

「那裡沒有人啊。」理查說，他瞇著眼睛凝視著我。

「妳受到嚴重的驚嚇，」麗茲柔聲說道，「妳嚇壞了，還沒有完全回過神來。」

「可是……可是……」我囁嚅的說。

我看到布蘭娜、梅格和珍湊在一起，她們望著我竊竊私語。

我在猜，她們是怎樣說我的呢？

「妳要我陪妳走回木屋嗎？」理查問。

我搖搖頭。「不要，我餓壞了！」

麗茲笑了。「說不定問題就出在這兒，妳太餓了，餓得眼花了！我們趕快讓妳吃個熱狗吧，快吃。」

吃過幾個熱狗之後，我覺得好多了。不久，營火會議開始了，我坐在幾個別的木屋的女孩旁邊。

這句英文怎麼說

我們今天有了個緊急狀況。
We had a close call today.

當理查說話的時候，我看了看圍在營火邊的人，所有隊員的臉上都閃爍著橘紅色的火光，我找尋著黛拉的身影。

幽靈黛拉……

她還在這裡嗎？她還在注視著我嗎？她還在等我當她的同伴嗎？

我緊張的往前坐，整個身體都僵硬了。我睜大了眼睛，搜尋她那張蒼白而毫無血色的臉龐。

可是她消失了。

就在此刻，她消失了。

麗茲接著發言，她又開始上另一堂水上規則的課。

「我們今天有了個緊急狀況，」麗茲說，「非常恐怖的緊急狀況。」

我知道大家都盯著我看，我覺得自己整張臉都脹紅了，只好注視著營火堆裡的黃色火焰。

當我抬起眼睛，我瞥見布蘭娜、梅格和珍就坐在旁邊的木頭上竊竊私語著。

她們在聊我的事嗎？

「在冷湖營這個營地，水上規則是非常重要的，」麗茲說，「有些隊員開玩笑的說，這麼多的規則，簡直就是冷湖營毒咒，因爲我們不斷重複的強調這些規則。」

她兩手撐在腰際，視線從一個隊員身上移到另一個隊員身上。

「可是當我們看到今天下午發生的事，」她繼續說，「同伴系統不是一個毒咒，而是一個恩賜。」

營火的火焰中浮現出一張臉。

我大聲驚喘。

是黛拉！

不是，是另一間木屋的女孩，她爬起來拿食物。

我往後一坐。

我決定了，我必須離開這個營地。如果我得一直擔心黛拉的出現，那又怎麼可能玩得愉快呢？

麗茲還在喋喋不休的提醒水上安全規則。

這句英文怎麼說

我轉身一看，只見阿倫慢慢跑向我。
I turned to see Aaron jogging up to me.

理查也宣布了一些需要注意的事。

大家一起唱著營隊隊歌。

營火晚會一結束，我立刻跳了起來，沿著小路快步走回木屋。

我才走了幾步，就聽見後面傳來急促的腳步聲，而且有人在喊我的名字。是那個幽靈嗎？

我轉身一看，只見阿倫慢慢跑向我。「剛剛妳爲什麼尖叫？」他問，「妳眞的認爲妳看到鬼了嗎？」

「我爲什麼要告訴你？」我怒聲罵道，繼續快步往前走。「你只會嘲笑我罷了。」

「妳說說看，」他回答，一面跑過來追上我，「我答應妳，我不會笑妳。」

「我看到一個幽靈女孩，」我說，「我發誓是眞的。她叫我，她要我做她的同伴。」

阿倫笑了。「不會吧，不可能，」他說，「妳眞的看到了什麼？妳說眞的？」

「我是說眞的！」我高聲說道，「我必須離開這兒，我要逃走，我今天晚上要找到電話打給爸媽，我要他們來接我。」

「你不可以這麼做！」阿倫回答，他抓住我的手臂，不讓我繼續往前走。有幾個小孩經過我們身邊，都驚訝的看著我們。

「爸媽不會想要再多跑一趟來這兒的，所以，如果妳打電話給他們，他們會連我也一起接走。」阿倫表示強烈的抗議，「可是我不想走，我在這兒很快樂！」

「你不明白，」我說，「我沒辦法待在這兒，我不能……」

「求求妳，莎拉，」他央求道，「妳再忍耐一下，過幾天就好了。妳只是因爲今天下午在湖裡發生意外而有點不知所措罷了，可是妳會沒事的，過幾天就沒事了。」

我沒說好，也沒說不好。

我只是跟阿倫道了聲晚安，走向我的木屋。

我在門外停下腳步，屋裡的燈全都亮了，裡頭傳來布蘭娜、梅格和珍輕聲交談的聲音。

我一踏進屋子裡，她們立刻停止談話。

她們神情緊張的注視著我，快速的移動。

當我穿過房間時，她們快速的走向我。

她們來到我身邊，團團圍住我。

「做什麼？」我大叫，「妳們要做什麼？」

這句英文怎麼說

我在門外停下腳步。

I stopped outside the door.

20.

「我們想要跟妳道歉。」布蘭娜說。

「我們一直對妳很壞。」珍發出沙啞的嗓音接口說道，「我們眞的很抱歉。」

「我們一直在討論這件事，」布蘭娜說，「我們……」

「我們承認以前那樣對待妳眞的很不公平，」梅格也插話進來，「我們感到很抱歉，莎拉。」

「我……我也很抱歉。」我結結巴巴的說，我對她們的道歉實在是太驚訝了，以致於說不出話來。

「讓我們重新來過，」布蘭娜說著，抓住了我的手，「很高興認識妳，莎拉，我叫布蘭娜。」

這句英文怎麼說

讓我們重新來過。
Let's start all over.

「太好了，一個全新的開始！」珍高聲說道。

「謝謝，我真的很高興！」我真心的對她們說。

珍轉向布蘭娜，「妳什麼時候擦的指甲油？」

布蘭娜咧嘴一笑，舉起雙手秀給大家看，只見她的指甲上塗著亮閃閃的鮮紫色指甲油。

「這可是最新的顏色喔，」她說，「我在游泳之後擦的。」

「那顏色叫什麼？」梅格問。

「葡萄汁吧，我想，」布蘭娜回答，「他們盡取些古怪的名字，」她從包包裡拿出指甲油，遞給了我。「妳要試試看嗎？」

「嗯……好啊。」我回答。

一直到熄燈後很久，我們四個還在忙著給指甲上色。

那天夜深的時候，我躺在床上，迷迷糊糊的快睡著了。我的臉上掛著微笑，一邊想著三個室友——三個朋友。

我們相處得很愉快。

可是當我聽到一個輕柔的聲音在黑漆漆的木屋裡飄盪，呼喚著「莎拉……莎拉……」的時候，我臉上的笑容瞬間凍結了。

我倒吸了一口氣。

然後那氣若游絲的聲音，彷彿風一般的嘆息，緩緩的靠近我的耳朵。

「莎拉，我以為妳是我的同伴，莎拉，妳為什麼要棄我而去呢？」

「不……求求妳……」我哀求著。

「莎拉，我等妳很久很久了，」那鬼魂般的細語呢喃著，「跟我走，妳跟我走。莎拉……」

忽然，一隻冰冷的手抓住了我的肩膀。

這句英文怎麼說

你睡著了還在呻吟。
You were whimpering in you sleep.

21.

「噢……」

我猛然從床上坐了起來，直直的瞪著布蘭娜的黑眼珠。

她放開我的肩膀。「莎拉，」她悄聲的說，「妳睡著了還在呻吟。」

「咦？什麼？」我聲音顫抖著，心怦怦亂跳，汗流浹背。

「妳睡著了還一直咕噥著，」布蘭娜說，「又叫又呻吟的，我想還是把妳叫醒比較好。」

「呃……謝謝妳，」我強忍住激動，哽咽的說，「我想，我一定是做惡夢了。」

布蘭娜點了點頭，爬回她的床上。

我沒有動，坐在那兒渾身發抖，盯著黑暗的房間。

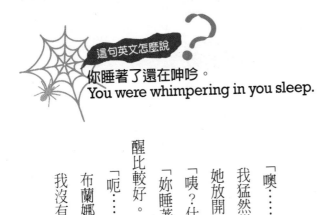

那是夢嗎？

我不這麼認爲……

「如果妳覺得勉強的話，可以不必參加今天的長程游泳。」隔天早上我吃完早餐時麗茲對我說。她靠在我的椅子上，說話時嘴裡飄出一股牙膏的氣味。

「嗯……」我遲疑著，「要游多遠呢？」

「湖的一半路程，」麗茲回答，「游到湖的中間之後再折回來。我會坐船在中途點等你們，其實全程並沒有多遠，不過如果妳覺得今天不想游的話……」

我放下舀著玉米片的湯匙，梅格和布蘭娜在餐桌對面看著我，而珍正坐在我旁邊，試著把一片烤得半焦的鬆餅給嚼下去。

「去啦，跟我們一起去嘛！」布蘭娜慫恿著。

「我可以當妳的伴，」珍說，「我陪妳一起游。」

那一剎那，那一趟可怕的獨木舟歷險從我腦海裡一閃而過。我再次想起珍從獨木舟上躍入水中的畫面，船翻了，她丟下我一個人在湖裡。

這句英文怎麼說

我們全都小心翼翼的踩進水裡。
We all stepped carefully into the water.

可是現在一切都改觀了。

我們變成朋友了。我們四個已經變成朋友了。我必須忘記曾經在獨木舟上發生的事，忘記那些不好的開始。

「好吧，」我說，「謝謝妳，珍，我們一起游。」

我轉頭對麗茲說，「沒問題，我準備好了。」

那天早上雲層很低，太陽躲在厚厚的烏雲背後很少露臉，氣溫變得越來越冷，湖水也越來越冰。

一大清早的湖水快凍死人了！

我的腳一碰到湖水，終於深刻體會到爲什麼這裡要叫做「冷湖」。

我們全都小心翼翼的踩進水裡，一邊發抖，一邊抱怨。湖水淹沒我的腳踝，又冰又痛，我停下來，倒吸了一口氣，慢慢適應水溫。

遠處傳來一陣馬達聲，我抬眼一看，只見麗茲駕著汽艇往中途點的位置駛去。她一到定點就熄掉引擎，拿起擴音器。

「各位，先暖身！」她大聲指示。

我們都笑了。「暖身？怎麼暖身啊？簡直就凍死人了！」

兩個靠近岸邊的女孩互相潑起水來。

「住手！哇……冷死了！」其中一個尖叫著。

我踩在軟軟的湖底往前走了幾步，調整一下泳衣的肩帶。「我們需要緊身的潛水衣。」我跟珍說。

她點頭表示贊同，往前涉水到腰際深度。「來吧，莎拉，跟緊一點。」她示意要我跟著她。

我做了個深呼吸……然後衝進水裡。

一陣酷寒橫掃而來，不過我還是鑽入水裡，奮力游了幾下，然後抬起頭來，回頭看著珍。

「耍帥。」她喃喃的說著，同時把手探進水裡，還在試著適應水溫。

我笑了。「很舒服的！」我高聲說道，一面把濕頭髮往後梳，「來吧，跳下來就沒錯，感覺很不錯的。」

這句英文怎麼說

各位，先暖身！
Warm up first, everyone!

珍稍微蹲了下來，這時大多數的隊員都已經下水了，有的繞圈圈，有的仰面浮著，有的則踩在水裡。

「各位，排隊了！」麗茲在船上指揮著，她的聲音透過擴音器傳到樹林裡再傳回來，「兩個一組排好隊，快！」

大家花了好一會兒工夫才各就各位，我和珍還在隊伍的第二列。

我看著排在前面的兩個女孩開始往前游，其中一個動作很平順、節奏很穩定，另一個則亂游一通，水花四濺。

大家都爲她們打氣加油。

珍和我等她們游了大約兩分鐘之後才開始游。

我試著想游得像第一個女孩那樣，保持穩定的動作和節奏，我知道大夥兒都在看著我，我可不想表現得像個驢蛋一樣。

可是話又說回來，我們總得認清事實，畢竟我又不是要前進奧運。

珍很輕鬆的超前了，還不時回過頭來看看我有沒有跟上。

折返點就在汽艇的後面，我兩眼緊盯著，一邊跟著珍向前游去，一邊想著：

終點怎麼那麼遙不可及啊！

珍的速度加快了，大約在離汽艇位置的一半路程時，我的雙臂漸漸感到痠痛起來。

我的情況不太妙，我對自己說。我開始覺得乏力了。

汽艇在我們前方的水面上下起伏著，麗茲舉起了麥克風在高喊著什麼，可是四濺的水花讓我聽不清楚她說的話。

珍游在我前面，速度更快了。

「嘿……慢一點！」我大喊，可是她根本沒聽見。

我不顧痠痛的雙臂，奮力想要趕上她。我猛力的踢著雙腿，揚起更多的水花。

陽光再度躲到一片厚厚的雲層後頭，天空一片陰霾，水溫越來越冰。

汽艇就在我前方的水面上不停的擺盪，我還是雙眼緊盯著珍，看著她穩定的踢動雙腿。她的頭髮飄浮在湖面上，宛如某種海中生物。

我打定主意，只要珍折回去，我也跟著折回去。

我稍稍加快了速度，默默的祈禱著，我們該折回去了吧。珍，我們已經游到

這句英文怎麼說

我的情況不太妙。

I'm in bad shape.

折返點了，我們和汽艇平行了，我準備好要折回去了。

可是令我驚訝的是，珍繼續筆直的往前游，她的頭潛在水面下，雙臂輕鬆優雅的划動著，離我越來越遠。

「珍……？」

我的手臂好痛，胸口彷彿火燒般的灼熱。

「嘿，珍……現在我們可以折回去了嗎？」

她維持著原速繼續往前游。

我使盡全身力氣，追向她。

「珍，等一下……」我高喊，「我們該折回去了！」

她停了下來。

她聽到我說的話了嗎？

我大口大口的喘著氣，胸口脹痛，奮力的游到她身邊。

她轉過頭來面對著我。

「珍……！」我不禁驚呼，倒吸了一口氣。

不，她不是珍。

她不是珍，是黛拉！

她那毫無血色的蒼白臉龐上綻放出喜悅無比的笑容，藍色眼珠閃閃發亮。

「繼續游啊，莎拉，」她悄聲說，「我們要游到更遠、更遠的地方，妳現在是我的同伴了。」

這句英文怎麼說

繼續游啊，莎拉。
Keep swimming, Sarah.

22.

她捉住我的一隻手臂。

我試著掙脫，濕淋淋的手臂鬆脫了，可是她飛快的緊箍住我的手腕不放，拉著我往她靠。

「噢……！」

她看似弱不禁風卻力大無比，我甩不開她的手。

我竟然遇到了一個看似柔弱卻又死纏不休的幽靈……

「放開我！」我大叫。

我在水裡亂踢亂打，發狂般的扭動身體，想甩掉她。

「黛拉……我不會跟妳走的！」

我猛然轉身，奮力一甩……終於甩開了她的手。

我沉到水底下，然後高舉雙手竄上水面，不停的咳嗽和喘氣。

她在哪裡呢？

她躲到哪裡去了？

她會躲在我的正後方，趁我不注意時抓住我，把我拉到很遠很遠的地方，讓我游不回去嗎？

我猛然轉身，湖水激烈的波動著。

陰霾的天空彷彿打過了幾個響雷。

「莎拉……莎拉……」是她在叫我嗎？

爲什麼我看不到她？

我又回過頭，視線停在汽艇上。

沒錯，我該游到汽艇那兒。

我顧不得心臟已經無法負荷、兩臂又麻又痛，全力向前游去。

汽艇……我得在她再次抓住我之前趕到汽艇那裡。

這句英文怎麼說

一雙手朝我伸了過來。
Hands reached down for me.

我使盡僅存的一點點力氣，發狂似的往前游，伸出我的雙臂想要攀向那艘汽艇……

終於，我雙手抓住了船身，上氣不接下氣的大口喘息。

我抓住船側，使勁想要爬到船上去。

「麗茲……幫我。」我好不容易從喉嚨深處擠出了這句話，卻是一片嘶啞。

「麗茲……抓我一把。」

陽光從雲層中疾射下來，我直視著那耀眼的金色光束。

「麗茲……救我……」

一雙手朝我伸了過來。她彎下腰把我拉進汽艇裡。

她傾身靠過來，把我拉了起來。

我眨眨眼，避開刺眼的豔陽，然後抬眼望向她的臉。

不！

那不是麗茲的臉！她不是麗茲！

是黛拉！

是黛拉……把我拉到了汽艇裡。

「妳怎麼了，莎拉？」她輕輕的說著，拉著我，把我拉向她。

「莎拉，妳沒事了，完全沒事了。」

這句英文怎麼說

是刺眼的陽光讓我眼花了嗎？
Had the streaming sunlight tricked my eyes?

23.

「放開我！」我無力的喊著。

我甩開她的手，眨著眼睛想躲開刺眼的陽光。

然後抬眼看著麗茲。

不是黛拉，是麗茲，她露出擔憂的神情。

「莎拉，沒事了。」她又說了一次。

「可是……」我抬眼望著她，等待她的臉變成黛拉的臉。

剛才我看到黛拉的臉是幻覺嗎？是刺眼的陽光讓我眼花了嗎？

我嘆了一口氣，讓她把我拉到船上去。

我癱坐在船板，船上下擺盪著。麗茲瞇著眼睛狐疑的看著我，「發生什麼事

了？」她問。

我還沒來得及回答，只聽見汽艇旁邊傳來水花聲。

是黛拉？

我全身僵住了。

不是她。是珍從船邊爬了上來。她把臉上濕漉漉的頭髮撥開來，「莎拉，妳沒聽見我在叫妳嗎？」她高聲質問。

「珍，我找不到妳，我以爲那是……」我的聲音哽住了。「妳爲什麼游走了呢？我是妳的同伴……不是嗎？」

麗茲駕著遊艇把我送到岸邊。我換好衣服後去找理查，我在山莊最裡頭的一間辦公室裡找到了他。那個房間大約只有一個櫃子那麼大，是指導員組長的辦公室。

他翹起腿擱在辦公桌上，嘴裡叼著一根牙籤。

「嘿，莎拉……都還好吧？」他衝著我燦爛一笑，示意要我坐在辦公桌前的

這句英文怎麼說

他嘴裡叼著一根牙籤。
He twirled a toothpick in his mouth.

一張折疊椅上。

他端詳著我。「我聽說妳在湖裡又出了一樁意外，」他輕聲說道，努著嘴把牙籤挪到了另一邊的嘴角，「怎麼回事？」

我深深的吸了一口氣。

我該告訴他有一個幽靈女孩到處跟著我、要我做她的同伴嗎？

他絕對會認爲我發神經了，我想。

「妳昨天實在驚嚇過度了，」理查說，「我們眞的以爲救不回妳了。」

他把腿放下來，傾身越過桌面對我說，「或許妳不應該這麼快又下水。」他說，「妳還沒完全恢復過來。」

「或許吧。」我喃喃的說。

然後一直盤桓在我心中的疑惑突然衝口而出。

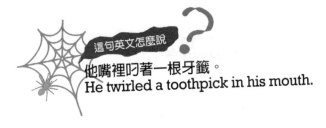

「理查，告訴我以前在這裡溺斃的那個女孩的事。」

他的嘴巴張得老大。「什麼？」牙籤從他嘴裡掉了出來。

「我知道有個女孩在這裡淹死。」我的語氣異常堅定，「你能告訴我這件事嗎？」

理查搖搖頭。「從來就沒有女孩在冷湖營淹死過。」他說，「絕對沒有。」

我知道他在說謊。

畢竟我有證據。我看過黛拉，也跟她說過話。

「理查，求求你……」我哀求道，「我眞的必須知道，告訴我她的事。」

他眉頭一皺，「爲什麼妳不相信我的話，莎拉？我沒騙妳，從來就沒有任何營隊隊員在這裡溺斃過，男生沒有，女生也沒有。」

我聽到背後有一聲輕輕的嘆息。

我往後瞥向門口的走廊……只見黛拉站在那兒。

我跳了起來，指著那裡。「理查！」我大叫，「她就是那個淹死的女孩，她就站在那兒，你沒看見她嗎？」

理查抬起眼望向走廊，「有，」他輕聲回答，「我看到她了。」

這句英文怎麼說

我聽到背後有一聲輕輕的嘆息。
I heard a soft sigh behind me.

24.

「什麼？」我驚喘一聲，抓住桌邊。「你看到她了？」我高聲問，「你真的看到了？」

理查點了點頭，神情肅穆，「如果這樣能讓妳覺得舒服一點，莎拉，我會說我看見了。」

「可是你並不是真的看見她了？」我質問。

他搔了搔頭，說：「沒錯，我什麼也沒看見。」

我轉過身去，看著走廊，黛拉咧著嘴對我微笑。

「坐下來再說，」理查說，「妳知道，有時候我們的大腦會唬弄我們，尤其是在我們受到非常嚴重的驚嚇之後。」

我沒有坐下來，只是木然的站在辦公桌前注視著黛拉，透視著她。

「她不是我腦子裡的影像，她就在那兒！」我高聲吼道，「她就站在那裡，理查，她的名字叫做黛拉，她淹死在湖裡，現在她也想要淹死我！」

「莎拉……求求妳冷靜一點。」理查柔聲說著，並越過桌面，伸出一隻手擱在我的肩膀上，把我帶到了門邊。

我和黛拉面對面瞪著對方。

她對我吐了吐舌頭。

「看吧？這兒沒有半個人。」理查說。

「妳為什麼不乾脆這幾天都不要到那座湖裡去？」他建議道，「妳知道的，就到處閒晃，放輕鬆。」

當他說話時黛拉模仿著他的嘴型。

我轉過身，不看她。

她咯咯笑了。

「不要到那座湖裡去？」我問。

這句英文怎麼說

就到處閒晃，放輕鬆。
Just hang out and relax.

他點點頭，「好好休息幾天吧，妳會好一些的。」

我知道我不會好一些的，黛拉會如影隨形的跟著我，想要把我拖下水。

我嘆了口氣，「沒有用的。」我說。

「那麼我有另外一個主意，」他說，「選一項妳沒試過的運動，選一項最費力、最辛苦的來玩，譬如滑水之類的。」

「什麼意思？」我回答，「我為什麼要這麼做？」

「因為妳會把注意力都集中在那項運動上，也就沒有力氣去煩那些鬼不鬼的事了。」

我翻翻白眼，回道：「是啊，沒錯。」

「我可是想盡辦法在幫妳喔！」他諷刺的說。

「嗯……謝謝……」我回答，不知道該再說些什麼，於是我說，「我想我該去吃午餐了。」

我拖著沉重的腳步走出那個小辦公室，不禁做了個深呼吸，覺得山莊裡的空氣變得更冷了。

我拐過一個轉角，走向這座建築物前頭的餐廳，當我又拐過另一個轉角，背後傳來黛拉氣若游絲的呼喚。

「妳逃不了的，莎拉，妳是我的伴，不必跑啊，妳將永遠是我的伴。」

那輕柔的呢喃就近在耳邊——

一陣冷顫竄過我的背脊。

我再也遏阻不了內心迸出的恐懼和驚惶，發出淒厲的怒吼。

「閉嘴！」我尖聲狂叫，「閉嘴！閉嘴！滾開！離我遠一點！」

我猛然轉身過去，結果驚詫的倒吸一口冷氣。

這句英文怎麼說

我只是來看看你在做什麼。
I was just coming to see how you were doing.

25.

布蘭娜就站在我後面。

她驚訝的張大了嘴。「好吧，好吧，我走遠一點，」她說著，一邊後退，「妳何必那麼兇呢？我只是來看看妳在做什麼。」

噢，我感到好難過。布蘭娜以為我在吼她。

「我……我……」我結結巴巴的說。

「我以為妳想和我們做朋友的，」布蘭娜生氣的說，「我連一個字都沒說妳呢，妳卻莫名其妙的對我大吼大叫！」

「我不是在對妳吼！」我終於說出話來，「我是在對她吼！」

我指著黛拉，她就站在我們後面背靠著牆，咯咯笑著對我揮著手。

她背後的陽光從敞開的窗戶外頭灑下來，照在她的金髮上，我可以從她的身體透視到她後面的窗戶。

「我在對她吼！」我又說了一次。

布蘭娜抬起眼看著窗戶。

一抹奇異的表情在她臉上蔓延開來。

第二天早上吃早餐時，我只吞了幾口黏糊糊的炒蛋就到碼頭去。

別問我爲什麼決定要去滑水。

我也不知道爲什麼。

也許是爲了阿倫吧，昨天晚上他又跑來求我別打電話給爸媽。

顯然阿倫是眞的不想回家，他說這是他所度過最棒的暑假。

那當然啦，我心想，你要有一個很棒的暑假有什麼困難？反正又沒有鬼一天到晚跟著你。

「求求妳再留下來幾天試試看。」阿倫懇求道。

這句英文怎麼說

別問我為什麼決定要去滑水。
Don't ask why I decided to try water-skiing.

我發誓，再也不靠近湖邊一步了，我打算只在木屋附近亂逛就好。

可是到了早上，我才明白這個想法有多糟。

當大家都跑到湖裡去，只剩我一個人待在木屋時，我才發覺有多恐怖。要是黛拉又來糾纏我的話，我一個人根本毫無抵抗的能力。

是啊，都怪我沒想清楚。

我已經快被逼瘋了，根本沒辦法思考！

我的確是該離湖邊越遠越好。但是我真的不想獨自一個人，於是我就照理查說的，來到了碼頭，並且跟麗茲說我想要滑水。

「太好了，莎拉，」麗茲笑容滿面，高聲說道，「妳以前玩過嗎？看起來很難，但其實還滿簡單的。」

我說我沒玩過。

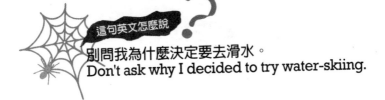

她從物品櫃裡拉出一件黃色救生衣和一副滑水板。然後幫我惡補了一些技巧，並且示範身體怎麼往後靠、怎麼屈膝。

不一會兒，我就下水等著汽艇繞回來。這時候，汽艇正拖著梅格在湖面上滑行。她身上的橙色泳裝在陽光的照射下閃閃發亮。

汽艇的引擎聲在水面上迴響，船身在起伏的波浪裡搖擺震盪。

當汽艇快速駛近碼頭時，梅格大叫一聲，放開纜繩。她猛力衝進湖裡，飛快的拋掉滑水板，接著走上岸。

「我是下一個。」我輕聲說，緊張得胃都打結了。

梅格舉起大拇指往上比了比。

我跟那副滑水板奮戰了半天，總算就定位了。然後我拉起纜繩，雙手緊緊的握住。

汽艇引擎開始噗噗噗的啟動，船身在我面前湛藍的水面上擺盪著。

我穩住自己，照麗茲示範的姿勢屈膝，並且深深的吸了一口氣。

「起跑！」我高喊。

引擎發出啪啪聲……接著隆隆作響。

汽艇倏地向前疾駛，我手上的纜繩險些脫手而去。

「哇——！」我不禁張大了嘴發出長長的驚叫。

這句英文怎麼說

滑水板在湖面上飛躍著。
The skis bounced over the surface.

太好了！滑水板在湖面上飛躍著，我屈膝，抓緊了纜繩。

我在滑水耶！我做到了！

汽艇繼續加速，我們在波光粼粼的湖面上直線前行，寒冷的水花濺到了我的臉上和頭髮。

我開始失去平衡，身體往後退。我奮力穩住自己，繼續滑行。

「太棒了！」我大叫。

這種感覺實在太棒了！

就在這時候，汽艇上的駕駛員轉過頭來。

是黛拉，她臉上露出邪惡的微笑！

當她駕駛汽艇時，那一頭淡金色的長髮彷彿翅膀一樣，在她蒼白的兩頰旁邊飛舞著。她的藍眼珠一如湛藍的湖水般閃亮。

當她看見我臉上驚懼的表情後，她臉上的微笑更深了。

「回去！轉回去！求求妳！」我連聲哀求。

她冷不防的把汽艇轉向一側。

我差點摔了下去，使盡全力抓緊纜繩。

滑水板猛力衝撞著湖面，我的膝蓋一陣劇痛，冰冷的水花一波波澆灌過來。

我驚喘一聲，大口喘息。

她猛然轉過頭來，哈哈大笑，但笑聲很快被轟隆隆的引擎聲淹沒了。

我看到她透明身體後面的天空，陽光穿透了她的身體。

「轉回去！」我尖叫，「停下來！妳要帶我去哪裡？要去哪裡？」

這句英文怎麼說

我放開了纜繩。
I let go of the towrope.

26.

黛拉沒有回答。她轉過頭去，一頭長髮在她腦後翻飛。

汽艇在湖面上奔馳跳躍，捲起一波波泡沫和浪花。

浪花不斷沖刷過來，我渾身打顫，看不清前方。

我又慌又怕，過了好久才突然想到有個逃走的簡單方法。

我放開了纜繩。

我的雙手猛力一甩，纜繩啪的摔落在水面上。

我又滑行了幾秒鐘，兩隻手臂劇烈抖動，然後整個人摔了出去，沉入水底。

身上的救生衣使我浮了上來。我在水面上飄盪著，一邊劇喘，一邊吐出嘴裡的湖水。我的心臟狂跳不已。

我頭暈目眩，似乎籠罩在燦爛的太陽之中。哪邊是上面？哪邊是湖岸？

我猛然轉身，只見汽艇在遠遠的地方。

「妳這次抓不到我了吧！」我對黛拉高喊。

可是當汽艇迴轉過來時我整個人不禁僵住。黛拉把汽艇猛力一迴，濺起一波強大的水花。

汽艇整個迴轉過來，筆直的對著我。

當引擎聲響起時，我不禁倒吸了一口氣。

我無助的在湖面上浮沉。

汽艇開始加速，水面上泛起一圈圈的漣漪。

她來找我了，我想，她要來抓我當她永遠的伴了。

我困在那兒，束手無策。

她又要來把我帶走了。

這句英文怎麼說

我無助的在湖面上浮沉。

I bobbed helplessly in the water.

27.

我困在水裡，驚恐的看著汽艇對著我疾駛而來。

我得潛入湖底，我知道，那是我逃離她唯一的辦法。

我深深的吸了一口氣，全身的每一吋肌肉都緊繃著，我知道我得在最恰當的時間潛入湖底。

汽艇的引擎聲越來越近了，我看見黛拉在船上緊握著方向盤。對準它。

我又深深的吸了一口大氣，但卻忽然醒悟到我根本潛不到水裡去。

救生衣……是救生衣讓我浮出水面的。我不可能穿著救生衣潛到湖底去。

我大叫一聲，兩手抓住救生衣前襟。

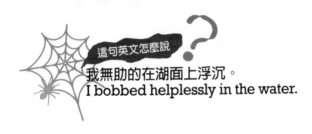

用力拉扯。

辦不到！我覺悟到我根本不可能及時把救生衣脫掉！

隨著汽艇越來越近，湖水也激盪得更厲害，彷彿整座湖都傾斜了、要倒轉過來了。

那艘汽艇……它就要開過來把我碎屍萬段了！我心想。

我拚命的拉扯救生衣。

拜託，拜託，脫下來！

來不及了，來不及了。

我潛不下去。

汽艇的引擎聲淹沒了我的驚叫。

我瘋了似的猛力狂扯，終於把救生衣從頭頂上扯了下來。

但是太遲了。

汽艇的前端在我頭上越過。

旋轉的引擎槳葉削過了我的頭。

這句英文怎麼說

汽艇的前端在我頭上越過。
The front of the boat bounced over me.

28.

我等待著痛楚襲來。

等待著黑暗降臨。

湖水在我四周打轉迴旋，忽綠忽藍。

我的嘴裡灌滿了湖水，嗆到了，然後浮上了水面。

我大口大口的喘氣，任由一波波的浪花在我身上來回沖刷。

「救生衣！」我嗆得說不出話來。

我的雙手各抓著被割裂成兩半的救生衣。

槳葉把救生衣切成了兩半。

我扔掉手上的救生衣，放聲大笑。

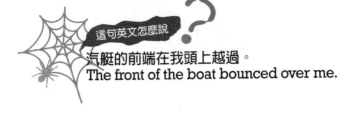

「我活著！」我高聲吶喊，「我還活著！」

我轉過頭，只見汽艇快速的駛過湖面。黛拉以爲她已經贏了嗎？

我才不在乎，我猛力轉身，找到湖岸的方向，開始游回去。

死裡求生給了我莫大的力氣，強勁的水流幫助我游回岸邊，回到營地。

當我蹣跚的踏上草地時，聽到有幾個女孩在喊我的名字。麗茲朝我快步的跑過來。

「莎拉……」她高喊，「莎拉……等等！」

我不理她，也不理會所有的人。

我開始跑了起來。

我知道我應該怎麼做。我知道我應該離開冷湖營，越快越好。

我在這兒不安全。

只要黛拉要我當她的伴，只要黛拉想要淹死我，我就不安全。

我知道沒有人會相信我的話。

所有人會說他們願意幫助我，可是沒有人能夠眞正幫我——畢竟他們要對抗

這句英文怎麼說

他只會阻止我而已。
He'll only try to stop me.

的是一個鬼！

我衝進木屋，脫掉濕漉漉的泳裝，扔在地板上，慌慌張張的換上短褲和T恤。

我要怎麼做？我要去哪兒？

我決定了，我要穿過樹林到另一頭的小鎮，我要打電話給爸媽，跟他們說我躲在鎮上，請他們來接我。

我在門口停下腳步。

我應該跟阿倫說一聲嗎？

不，不行。我打定主意。

讓他知道了，他只會阻止我而已。

我決定了，等我到了鎮上再通知他我在哪裡吧。

等安全了再說，等我離開這個鬼地方再說。

我從木屋探出頭去張望著四周，確定湖岸邊沒有人在活動，於是踏出木屋繞到屋子後頭。

我冷不防的撞上了布蘭娜。她瞇著眼睛端詳著我。

「妳要走了？」她悄聲問道。

我點點頭。「是的，我要走了。」

再一次，布蘭娜的神情倏然一變，眼睛裡的光彩黯淡下來。

「祝妳好運。」她輕輕的說。

這句英文怎麼說

上方的樹木遮住了大片的陽光。
The trees overhead cut off a lot of the sunlight.

29.

爲什麼她表現得那麼詭異？我有些狐疑。

但是我已經沒時間思考這個了，我向布蘭娜揮揮手，快速的從她身邊跑開，往樹林奔去。

我沿著林間的一條小徑往前跑的同時，回頭瞥了一眼，只見布蘭娜還站在木屋後面注視著我。

我深吸了一口氣，轉過身去，快跑起來。

上方的樹木遮住了大片的陽光，我一邊跑，一邊感覺到天色越來越暗，空氣也越來越冷。

一叢叢帶刺的樹叢和刺藤刮過我裸露的雙手和雙腿，我不禁心想自己應該穿

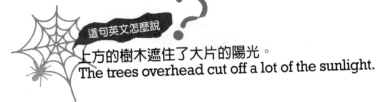

牛仔褲和長袖上衣的。畢竟身上有衣物遮擋還是比較好。

我踩在厚厚一層的落葉上，躍過許多掉落下來的樹幹和一叢又一叢帶刺的雜草。

小徑上樹根聳立，又高大又乾燥的蘆葦叢垂向我，彷彿要伸手把我抓走。

狹窄的小徑一分爲二，我氣喘吁吁的停了下來，遲疑著到底該往哪一條路走才對。

這兩條路都通往鎮上嗎？

忽然，我聽見一個聲音，不禁屏住了呼吸。

是歌聲。

是鳥嗎？

不，是輕柔的聲音，女孩的聲音。

「噢，不……」我喃喃的說，抬眼往聲音的方向看去，看見黛拉站在一根低矮的樹幹上。她正唱著歌，頭跟著左右擺動，藍眼珠綻放出光芒，由上往下凝視著我。

這句英文怎麼說

這兩條路都通往鎮上嗎？
Would they both lead me to town?

「妳……妳跟蹤我！」我結結巴巴的說，「妳怎麼會知道我要……」我的聲音哽住了，再也說不下去。

她咯咯的笑了，「妳是我的同伴，」她回答，「我們得焦不離孟，孟不離焦啊。」

「不！妳休想！」我抬起頭來對著她吼，「妳輸了，黛拉，我不會當妳的同伴的，因爲我不會再到湖裡去了，我永遠也不會像妳一樣淹死的！」

黛拉臉上的微笑消失了，「淹死？」她搖搖頭，「莎拉，妳怎麼會那麼想呢？妳搞錯了，我不是淹死的。」

「什麼？」我張大了嘴，驚訝的朝上瞪著她。

「閉上嘴巴，莎拉，蒼蠅會飛進去的。」黛拉身子往後仰，哈哈大笑起來。

然後她又搖了搖頭，「在冷湖營怎麼可能會有人淹死？」她提高聲音說，「他們每五分鐘就給大家上一堂水上安全的課！在冷湖營不會有人淹死的！」

「妳不是淹死的？」我大叫，「那妳是怎麼死的？」

她兩手往後撐在樹幹上，身體往前傾，俯視著我。我可以看穿她的身體，見到樹葉在她後面隨風搖擺著。

「事情很簡單，」黛拉嘆了口氣說，「有一天晚上，我實在聽膩了那些水上安全規則，就離開營火堆，偷偷溜進了這座樹林。」

她把垂落在面前的頭髮往後撥，「我犯了一個天大的錯誤，」她繼續說著，「我不曉得這座樹林裡到處都是可怕的毒蛇。」

我驚喘一聲。「這座樹林有毒蛇？」

黛拉點點頭，「要不被毒蛇咬到而安全走出這座樹林幾乎是不可能的！」她嘆了口氣，「我是被毒蛇咬到而送命的。」

「可是……可是……」我急急的說，「可是妳一直出現在湖裡，」我的話嗆住了，「爲什麼我總是在湖裡看到妳？」

「妳還不明白嗎？」她回答，「那就是我的計畫，我讓妳害怕那座湖，莎拉，我讓妳看到那座湖就膽戰心驚，因爲我料到了妳會逃到這座林子裡來，妳會跑進來像我一樣送命，做我的伴啊！」

「不……」我高聲反抗，「我不會！我……」

這句英文怎麼說

我犯了一個天大的錯誤。
I made one major mistake.

「莎拉，妳瞧！」黛拉指著地上。

我往下一看……

一條又粗又黑的大蛇捲在我的一條腿上。

30.

「永遠作伴，」黛拉高興的唱著，「永遠作伴。」

我僵住了，驚懼的喘息。我看著那條大蛇捲在腿上，感到牠冰冷乾燥的身體摩擦著我裸露的皮膚。

「不……」那條蛇拱起頭，我不禁發出一聲低低的呻吟。

「不會很痛的，」黛拉開心的說，「就像被蜜蜂叮一樣，莎拉，不會有事的。」

那條蛇發出巨大的吐信聲，突然張開下顎。牠的身體就像冰冷的粗繩子一樣緊緊箍住我的腿。

「永遠作伴，」黛拉又唱著，「永遠作伴……」

「不！莎拉不是妳的同伴！」一個聲音在林中迴盪。

這句英文怎麼說

不會很痛的。
It won't hurt that much.

我想回頭查看聲音的來源，但全身無法動彈。那條蛇還是緊纏住我的腿不放。

「布蘭娜！」我大叫，「妳在這兒做什麼？」

她很快的從一叢高大的蘆葦叢裡衝出來。

說時遲那時快，只見她一個快動作，伸出一隻手把那條蛇抓到了手上，隨即舉起手一拋，把蛇扔到了林子裡。

布蘭娜抬眼看著黛拉，高聲說道，「莎拉不能做妳的同伴，因為，她是我的同伴！」

黛拉睜大了雙眼，驚訝的大叫，緊抓著樹幹以免跌落下來。

「妳！」她高聲怒問，「妳在這裡做什麼？」

「沒錯，就是我！」布蘭娜朝上對著她吼，「我又回來了，黛拉。」

「可是……可是妳怎麼會……？」

「妳又想用去年對付我的方式故技重施了，」布蘭娜說，「妳一整個暑假都在逼迫我變成妳的伴，妳不停的嚇唬我，不是嗎，黛拉？」

布蘭娜爆出憤怒的吶喊，「妳沒想到我會再回來，可是我回來了，今年暑假我又回來了……回來保護下一個受害者！」

「不……」黛拉嗚咽的喊。

我終於明白了，我跨出一步站到布蘭娜身旁，「布蘭娜是我的同伴！」我高聲說，「而且明年暑假我會再回來保護另一個受害者！」

「不！不！不……」黛拉勃然大怒，「妳們不可以這麼做！我等很久了！很久很久了！」

她從樹幹上跳起來，朝著我和布蘭娜猛揮了一拳。

她失去了平衡。

當她跌落時，雙手高舉。

她想抓住樹幹，但沒抓到。

然後無聲無息的跌落到地面。

她不見了。

消失了。

這句英文怎麼說

她會永遠消失嗎？
Is she gone for good?

我深深的嘆了口氣，直起身體來，搖了搖頭。

「她會永遠消失嗎？」我喃喃的說。

布蘭娜聳聳肩，「我不知道，但願如此。」

我轉身面向布蘭娜，「妳救了我！」我大叫，「謝謝妳跟著我，謝謝妳救了我！」

我高興的大喊一聲，走向她。「謝謝妳！謝謝妳！」

我伸出雙臂想要擁抱她。

可是我的雙手直直的穿過了她的身體。

我倒吸了一口氣，想抓住她的肩膀，可是撲空了。

我驚懼的往後一跳。

布蘭娜瞇著眼睛注視著我，「黛拉去年夏天害死了我，莎拉，」她柔聲說道，「就在最後一天。可是我不想做她的同伴，我從來就沒喜歡過她。」

她往前飄浮，飄離了地面，在半空中徘徊。

「可是我需要一個同伴，」她悄聲說著，「每個人都需要有一個同伴，而妳將會是我的同伴，不是嗎，莎拉？」

我看到她手上那尾嘶嘶吐信的蛇。

可是我卻動彈不得。

「妳會做我的同伴，是不是？」布蘭娜又說了一遍，「妳將會是我的同伴，永遠永遠。」

我在冷湖營可說是出師不利。
I got off to a bad start at Camp Cold Lake.

熾熱的陽光已經把我曬出一身汗來。
The bright sun was already making me sweat.

他一路掛著燦爛的笑容來到營區。
He grinned the whole way to camp.

夜裡我總是翻來覆去的。
I toss and turn a lot at night.

她的語氣不怎麼友善。
She didn't say it in a friendly way.

去年我去參加網球營。
I went to tennis camp last year.

可是我一點也沒長高。
But I didn't get any taller.

不一會兒火苗就竄得比他們的頭頂還高。
Soon the flames rose up over their heads.

我我拍了一下脖子，趕走一隻蚊子。
I slapped a mosquito on my neck.

他的朋友快笑翻了。
His friends were laughing their heads off.

你知道我真正厭惡的是什麼嗎？
Do you know what I really hate?

她知道自己長得很不賴。
She knew she looked really awesome.

我們現在可以去游泳嗎？
Can we go swimming now?

這個玩笑的時間點抓得太妙了。
The kid's timing was perfect.

我們湖邊見！

See you at the waterfront!

我後退一步。

I took a step back.

牠看起來像一條長長的黑鞋帶。

It looked like a long black shoelace.

你整個人都在發抖。

You're shaking all over.

為什麼一開始我就把事情搞得這麼糟？

How did I get off to such a bad start?

我整隻運動鞋都陷了進去。

My sneaker sank deep into the ooze.

木屋裡燈火通明。

The lights were on inside the cabin.

你們盡量笑個夠吧。

Go ahead and laugh.

我緊咬著雙唇，逼自己止住笑聲。

I bit my lip to make myself stop laughing.

我登記要划獨木舟。

I signed up for canoeing.

小舟搖得更加厲害了。

The little boat rocked harder.

我不可能從這兒游回去的。

I don't think I can swim back from here.

我真的不太會游泳。

I'm really not a good swimmer.

我轉過頭，四面八方搜尋著。

I turned and searched in all directions.

我張開嘴想要辯解。
I opened my mouth to protest.

有更多隊員不悅的瞪著我。
More campers stared angrily at me.

這兒沒有半支電話可以打。
There is no phone here we can use.

我最討厭你每次都一副很有理的樣子！
I hate it when you're so sensible!

我真的對我所計畫的事感到無比的害怕。
I really was scared by what I planned to do.

你猜到我孤注一擲的計畫了嗎？
Have you guessed my desperate plan?

我會有個全新的開始。
I'll get a new start.

我的腳碰到柔軟的湖底。
My feet hit the soft lake floor.

我的胸口快爆炸了。
My chest is ready to explode.

我又吞了口湖水。
I swallowed another mouthful of water.

我猛然轉身，差點失去平衡。
I spun around, nearly losing my balance.

我把溼髮上的雪花拍掉。
I brushed snowflakes from my wet hair.

我穿過營地。
I tore through the camp.

我跟著那微弱的歌聲來到山莊。
I followed the tiny voice to the lodge.

我跨步走到她的面前。

I stepped up in front of her.

濃霧依舊在她四周迴旋。

The fog still swirled around her.

她耐心的等待著。

She waited patiently.

我不想當她的同伴。

I don't want to be her buddy.

我眨了好幾次眼睛。

I blinked several times.

我的嘴裡有股酸酸的味道。

I had a sour taste in my mouth.

護士很仔細的檢查我的身體。

The nurse checked me out carefully.

麗茲伸出雙臂環抱著我。

Liz wrapped her arms around me.

我們今天有了個緊急狀況。

We had a close call today.

我轉身一看，只見阿倫慢慢跑向我。

I turned to see Aaron jogging up to me.

我在門外停下腳步。

I stopped outside the door.

讓我們重新來過。

Let's start all over.

你睡著了還在呻吟。

You were whimpering in you sleep.

我們全都小心翼翼的踩進水裡。

We all stepped carefully into the water.

各位，先暖身！
Warm up first, everyone!

我的情況不太妙。
I'm in bad shape.

繼續游啊，莎拉。
Keep swimming, Sarah.

一雙手朝我伸了過來。
Hands reached down for me.

是刺眼的陽光讓我眼花了嗎？
Had the streaming sunlight tricked my eyes?

他嘴裡叼著一根牙籤。
He twirled a toothpick in his mouth.

我聽到背後有一聲輕輕的嘆息。
I heard a soft sigh behind me.

就到處閒晃，放輕鬆。
Just hang out and relax.

我只是來看看你在做什麼。
I was just coming to see how you were doing.

別問我為什麼決定要去滑水。
Don't ask why I decided to try water-skiing.

滑水板在湖面上飛躍著。
The skis bounced over the surface.

我放開了纜繩。
I let go of the towrope.

我無助的在湖面上浮沉。
I bobbed helplessly in the water.

汽艇的前端在我頭上越過。
The front of the boat bounced over me.

他只會阻止我而已。

He'll only try to stop me.

上方的樹木遮住了大片的陽光。

The trees overhead cut off a lot of the sunlight.

這兩條路都通往鎮上嗎？

Would they both lead me to town?

我犯了一個天大的錯誤。

I made one major mistake.

不會很痛的。

It won't hurt that much.

她會永遠消失嗎？

Is she gone for good?

雞皮疙瘩系列 31

冷湖魔咒

原著書名——The Curse of Camp Cold Lake
原出版社——Scholastic Inc.
作　　者——R.L. 史坦恩（R.L.STINE）
譯　　者——陳言襄
責任編輯——劉枚瑛、何若文
文字編輯——林東翰、林慧雯

國家圖書館出版品預行編目（CIP）資料

魔鬼面具 II / R. L. 史坦恩 (R. L. Stine) 著；陳言襄 譯．
-- 2 版．-- 臺北市：商周出版：家庭傳媒城邦分公司發行，
民 105.07 176 面；14.8 x 21 公分．--（雞皮疙瘩系列 ;31）
譯自 :The Curse of Camp Cold Lake
ISBN 978-986-477-041-0（平裝）
874.59　　105010035

版　　權——翁靜如、吳亭儀
行銷業務——林彥伶、石一志
總 編 輯——何宜珍
總 經 理——彭之琬
發 行 人——何飛鵬
法律顧問——台英國際商務法律事務所 羅明通律師
出　　版——商周出版
臺北市中山區民生東路二段 141 號 9 樓
電話：(02) 2500-7008 傳真：(02) 2500-7759
E-mail：bwp.service @ cite.com.tw
發　　行——英屬蓋曼群島商家庭傳媒股份有限公司城邦分公司
臺北市中山區民生東路二段 141 號 2 樓
讀者服務專線：0800-020-299 24 小時傳真服務：(02)2517-0999
讀者服務信箱 E-mail：cs @ cite.com.tw
劃撥帳號——19833503 戶名：英屬蓋曼群島商家庭傳媒股份有限公司城邦分公司
訂購服務——書虫股份有限公司客服專線：(02)2500-7718；2500-7719
服務時間：週一至週五上午 09:30-12:00；下午 13:30-17:00
24 小時傳真專線：(02)2500-1990；2500-1991
劃撥帳號：19863813 戶名：書虫股份有限公司
E-mail：service@readingclub.com.tw
香港發行所——城邦（香港）出版集團有限公司
香港 灣仔 駱克道 193 號東超商業中心 1 樓
電話：(852) 2508-6231 傳真：(852) 2578-9337
馬新發行所——城邦（馬新）出版集團
Cité(M) Sdn. Bhd. 41, Jalan Radin Anum,
Bandar Baru Sri Petaling, 57000 Kuala Lumpur, Malaysia.
電話：(603)9057-8822 傳真：(603)9057-6622
商周出版部落格——http://bwp25007008.pixnet.net/blog
行政院新聞局北市業字第 913 號

美術設計——王秀惠
印　　刷——卡樂彩色製版有限公司
經 銷 商——聯合發行股份有限公司 新北市 231 新店區寶橋路 235 巷 6 弄 6 號 2 樓
電話：(02)2917-8022 傳真：(02)2911-0053

■ 2004 年（民 93）05 月初版
■ 2020 年（民 109）09 月 29 日 2 版 2 刷
■ 定價 / 199 元

ISBN 978-986-477-041-0

Printed in Taiwan
城邦讀書花園
www.cite.com.tw

Goosebumps®

Goosebumps®